図書館版

ふしぎな図書館《としょかん》と魔王《まおう》グライモン

ストーリーマスターズ ①

作／廣嶋 玲子　絵／江口 夏実

講談社

本《ほん》、とはなんだろう？
字《じ》が書《か》きつけられた紙《かみ》の束《たば》？
ところどころにさし絵《え》や写真《しゃしん》が入《はい》っているもの？
古《ふる》びると、奇妙《きみょう》な匂《にお》いをただよわせるもの？

いいや、違《ちが》う。
本《ほん》は宝箱《たからばこ》だ。その一冊一冊《いっさついっさつ》に、宝石《ほうせき》のような物語《ものがたり》がおさめられている。
そして、宝《たから》があるところ、それをねらう者《もの》がいるものだ。

プロローグ

その夜《よる》、１冊《さつ》の本《ほん》が魔王《まおう》グライモンの手《て》にとらえられた。

「くくく。古《ふる》き物語《ものがたり》。広《ひろ》く世界中《せかいじゅう》に知《し》られた物語《ものがたり》。ほどよく熟《じゅく》し、うまみたっぷり。よろしい。今夜《こんや》はグリムのフルコースをいただくとしようぞ。」

不気味《ぶきみ》に笑《わら》いながら、魔王《まおう》はその長《なが》い指《ゆび》で本《ほん》のページをめくりだした。

目《もく》次《じ》

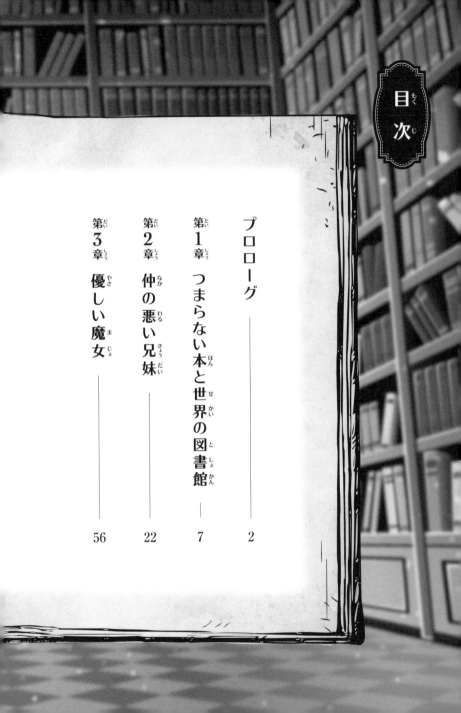

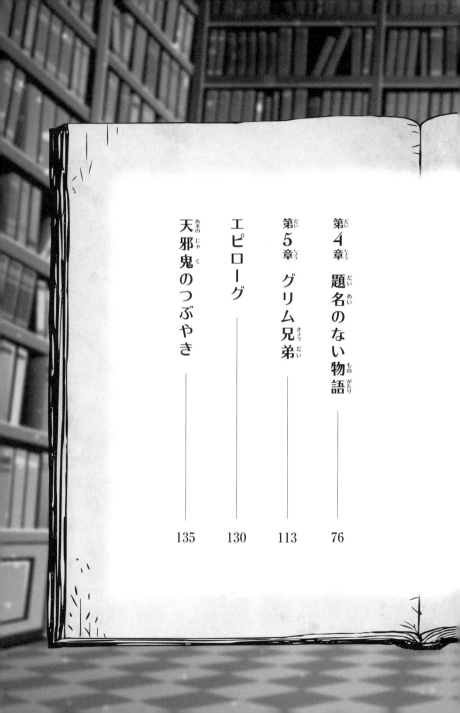

第《だい》1章《しょう》

つまらない本《ほん》と世《せ》界《かい》の図《と》書《しょ》館《かん》

story 1

その日《ひ》、宗介《そうすけ》はひさしぶりに近所《きんじょ》の図書館《としょかん》に行《い》った。学校《がっこう》の宿題《しゅくだい》で使《つか》う植物図鑑《しょくぶつずかん》を借《か》りるためだ。

そうして図鑑《ずかん》コーナーを見《み》ていたところ、はっとした。背《せ》の高《たか》い図鑑《ずかん》の間《あいだ》に、小《ちい》さめの本《ほん》がはさまっていたのだ。

背表紙《せびょうし》には『グリム童話集《どうわしゅう》』と書《か》いてある。本当《ほんとう》なら、物語《ものがたり》コーナーの棚《たな》にあるべき本《ほん》だ。誰《だれ》かが間違《まちが》って、ここに差《さ》しこんでしまったのだろうか。

とにかく、なぜか目《め》を離《はな》せなくなり、気《き》づいた時《とき》には本棚《ほんだな》から引《ひ》っぱりだしていた。

「やっぱり！　これ、昔《むかし》、おれが持《も》っていたやつじゃん！　うわ、なつかしい！」

今《いま》は小学《しょうがく》4年生《ねんせい》になり、本《ほん》を読《よ》むこと自体《じたい》がめんどうになってしまった宗介《そうすけ》だが、昔《むかし》は絵本《えほん》や物語《ものがたり》が大好《だいす》きだった。グリム童話《どうわ》もよく読《よ》んだものだ。

「でも、もう従兄弟《いとこ》にあげちゃったんだよなあ。……あの本《ほん》、取《と》っておけばよかった。」

つぶやきながら、宗介《そうすけ》は思《おも》わず本《ほん》を開《ひら》いてみた。本《ほん》の最初《さいしょ》の物語《ものがたり》は、「ヘンゼルとグレーテル」だった。小《ちい》さい時《とき》、いちばん好《す》きだった物語《ものがたり》だ。

「そうそう。ここに出《で》てくるお菓子《かし》の家《いえ》に行《い》ってみたいって、めちゃくちゃあこがれたんだよなあ。」

うれしくなって、さらにページをめくっていった。だが、だんだんとおかしなことに気《き》づいた。

宗介《そうすけ》が覚《おぼ》えているヘンゼルとグレーテルは、仲《なか》のよい兄妹《きょうだい》だ。ふたりで力《ちから》を合《あ》わせて、最後《さいご》は幸《しあわ》せになるという物語《ものがたり》だったはずなのだが……。

この本《ほん》の中《なか》ではそうではなかった。

ヘンゼルとグレーテルは森《もり》の中《なか》をさまよいながら、お互《たが》いのことをののしっている。ヘンゼルがパンをひとりじめして食《た》べてしまったと、グレーテルはかんかんだ。

やがて、お菓子《かし》の家《いえ》にたどりついたふたりは、そこに住《す》む魔女《まじょ》につかまってしまう。と、グレーテルは自分《じぶん》が助《たす》かるために、あろうことか、兄《あに》をいけにえに差《さ》しだすのだ。

ヘンゼルは魔女《まじょ》に食《た》べられてしまい、グレーテルが魔女《まじょ》の弟子《でし》となったところで、物語《ものがたり》は終《お》わった。

なんとも後味《あとあじ》の悪《わる》い終《お》わり方《かた》に、宗介《そうすけ》は顔《かお》をしかめてしまった。

「なんだよ、これ？　こんなつまんなかったっけ？」

なんだか裏切《うらぎ》られたような不愉快《ふゆかい》な気分《きぶん》になり、宗介《そうすけ》は本《ほん》を閉《と》じて、本棚《ほんだな》につっこもうとした。

だが、ふと思《おも》いなおした。

そもそも、ここは図鑑《ずかん》コーナーで、物語《ものがたり》の本《ほん》が置《お》いてあるべきではない。すこしめんどうだが、物語《ものがたり》の棚《たな》へ戻《もど》してやろう。

「つまらない本《ほん》だけど……これを読《よ》みたがってる子《こ》がいるかもしれないしな。図鑑《ずかん》のところにあったら、見《み》つけられっこない。この本《ほん》だって、それじゃかわいそうだもんな。」

そうして、本《ほん》を持《も》って移動《いどう》しようとした時《とき》だ。

「君《きみ》に決《き》めた！」

ふいに大《おお》きな声《こえ》がして、宗介《そうすけ》は白《しろ》い光《ひかり》に包《つつ》まれた。あまりのまばゆさに、何《なに》かが爆発《ばくはつ》したのかと、宗介《そうすけ》は悲鳴《ひめい》をあげてしまった。

だが、まぶしかったのは最初《さいしょ》だけで、すぐに光《ひかり》がおさまるのを感《かん》じた。まわりも静《しず》かなものだ。

宗介《そうすけ》はおそるおそる顔《かお》をあげ、そしてあんぐりと口《くち》を開《あ》けた。

いつの間《ま》にか、宗介《そうすけ》は見《み》たこともない建物《たてもの》の中《なか》にいたのだ。

とっさに、「宮殿《きゅうでん》の大広間《おおひろま》」という言葉《ことば》が宗介《そうすけ》の頭《あたま》の中《なか》に浮《う》かんだ。それほど大《おお》きく広《ひろ》く、天井《てんじょう》は高《たか》く、そして豪華《ごうか》だったのだ。

足下《あしもと》の床《ゆか》は真《ま》っ白《しろ》な大理石《だいりせき》でできており、天井《てんじょう》は青《あお》と白《しろ》と金《きん》のタイルで美《うつく》しい蔓《つる》草模様《くさもよう》が描《えが》きだされている。

そして、壁《かべ》は一面《いちめん》、本棚《ほんだな》となっていた。さっきまでいた図書館《としょかん》とはけた違《ちが》いの数《かず》の本《ほん》だ。天井《てんじょう》を支《ささ》えている柱《はしら》すら、本棚《ほんだな》でできており、色《いろ》とりどりの本《ほん》がおさまっている。

あっけにとられている宗介《そうすけ》に、ふいに声《こえ》がかけられた。

「ようこそ、世界《せかい》の図書館《としょかん》へ。」

ふりかえれば、若《わか》い男《おとこ》の人《ひと》がいた。外国人《がいこくじん》で、鼻《はな》が高《たか》く、目《め》は青《あお》い。奇妙《きみょう》な服《ふく》を着《き》ているが、これがこの人《ひと》の国《くに》の伝統衣装《でんとういしょう》なのだろうか。

びっくりして口《くち》をぱくぱくすることしかできない宗介《そうすけ》に、男《おとこ》の人《ひと》はなめらかな日《に》本語《ほんご》で話《はな》しかけてきた。

「やあ。びっくりさせてすまないね。まずは自己紹介《じこしょうかい》から始《はじ》めよう。君《きみ》、名前《なまえ》は？」

「な、渚橋宗介《なぎさばしそうすけ》、です……。」

「ぼくはヴィルヘルム・グリム。世界《せかい》の図書館《としょかん》の司書《ししょ》のひとりで、ここグリムワールドのストーリーマスターだ。どうぞよろしく。」

男《おとこ》の人《ひと》の名乗《なの》りは、宗介《そうすけ》にはちんぷんかんぷんだった。

世界《せかい》の図書館《としょかん》？　ストーリーマスター？　なんだ、それ？

宗介《そうすけ》の心《こころ》を読《よ》んだかのように、ヴィルヘルムは言葉《ことば》を続《つづ》けた。

「世界《せかい》の図書館《としょかん》というのは、その言葉《ことば》のとおり、世界中《せかいじゅう》の物語《ものがたり》を集《あつ》めた図書館《としょかん》だよ。短《みじか》いおとぎ話《ばなし》から壮大《そうだい》な伝説《でんせつ》に至《いた》るまで、ここにない物語《ものがたり》はない。そして、ストーリーマスターと呼《よ》ばれる司書《ししょ》が、それぞれ担当《たんとう》の本棚《ほんだな》を管理《かんり》している。で、ぼくはグリムだから、当然《とうぜん》グリムワールドを担当《たんとう》しているというわけさ。」

「グリム……。」

「そう。君《きみ》だって、ぼくのことは知《し》っているはずだよ。兄《あに》のヤーコプといっしょに、あちこちに伝《つた》わる物語《ものがたり》を集《あつ》めた男《おとこ》だ。ぼくらがまとめた物語《ものがたり》は本《ほん》となり、今《いま》はグリム童話《どうわ》と呼《よ》ばれ、世界中《せかいじゅう》の人《ひと》たちに読《よ》まれるようになった。その功績《こうせき》を認《みと》められ、ぼくら兄弟《きょうだい》は死後《しご》、この世界《せかい》の図書館《としょかん》の司書《ししょ》に任命《にんめい》されたのさ。物語《ものがたり》や本《ほん》において、偉大《いだい》なことをなしとげた者《もの》だけがなれるんだから、これはたいした名誉《めいよ》なんだよ。」

誇《ほこ》らしそうに胸《むね》をはったあと、ヴィルヘルムはむずかしい顔《かお》になって宗介《そうすけ》を見下《みお》ろしてきた。

「いきなりここに連《つ》れてこられて、さぞ驚《おどろ》いているだろうし、不安《ふあん》だろうね。でも、いろいろ説明《せつめい》してあげたいところだけど、時間《じかん》がないんだ。魔王《まおう》のせいで、グリムワールドが壊《こわ》れはじめているから。」

「ま、魔王《まおう》？」

「そう。魔王《まおう》グライモン。物語《ものがたり》を食《く》い荒《あ》らしては、めちゃくちゃにしていく、まるで本食《ほんく》い虫《むし》のようないやらしいやつだよ。ぼくらストーリーマスターは、グライモンと長《なが》い間戦《あいだたたか》っている。で、今回《こんかい》ねらわれたのが、グリムワールドだったんだ。あれを見《み》てごらん。」

ヴィルヘルムが指《ゆび》さしたほうを見《み》て、宗介《そうすけ》ははっとした。

本棚《ほんだな》の一角《いっかく》が腐《くさ》ったトマトのように黒《くろ》ずんでいた。そこに並《なら》べられた本《ほん》たちが、ぐずぐずと溶《と》けているのだ。しかも、その浸食《しんしょく》はじわじわと広《ひろ》がっているようだった。

「あれが魔王《まおう》から受《う》けたダメージだ。キーパーツが盗《ぬす》まれ、めちゃくちゃになってしまっている。」

「キーパーツ？」

「物語《ものがたり》の中《なか》のたいせつなもの、物語《ものがたり》をおもしろくするカギのことさ。それを盗《ぬす》まれてしまうと、どんなにすばらしい物語《ものがたり》も、おもしろくもなんともないものになってしまう。君《きみ》だって、実際《じっさい》そう感《かん》じたはずだ。違《ちが》うかい？」

そう言《い》われ、宗介《そうすけ》はさっき読《よ》んだ「ヘンゼルとグレーテル」を思《おも》いだした。あのひどい読後感《どくごかん》と違和感《いわかん》は、キーパーツとやらを盗《ぬす》まれたせいだったのか。

納得《なっとく》する宗介《そうすけ》に、ヴィルヘルムはさらに早口《はやくち》で言《い》った。

「本当《ほんとう》ならぼくと兄《にい》さんとで、すぐにでも修復《しゅうふく》にとりかかるところなんだ。けど、兄《にい》さんは魔王《まおう》の襲撃《しゅうげき》で……ともかくね、急《いそ》いで漢方薬《かんぽうやく》の権威《けんい》、桃仙翁《とうせんおう》をさがしてこないといけない状況《じょうきょう》なんだ。ということで、ぼくがいない間《あいだ》、君《きみ》に物語《ものがたり》の修復《しゅうふく》を頼《たの》みたい。」

これをと、ヴィルヘルムは1冊《さつ》の本《ほん》を差《さ》しだしてきた。

それは手帳《てちょう》ほどの大《おお》きさだった。装丁《そうてい》はキャラメル色《いろ》の革《かわ》でできており、オオカミやリンゴ、塔《とう》などの絵《え》がたくさん彫《ほ》りこまれ、すごく年代物《ねんだいもの》という感《かん》じがする。

そして白《しろ》い羽根《はね》ペンがついていた。

どこかうやうやしげに、ヴィルヘルムは言《い》った。

「これはグリムワールドのブックだ。ストーリーマスターに与《あた》えられるもので、物《もの》語《がたり》の世界《せかい》を変《か》える力《ちから》を持《も》っている。何《なに》が盗《ぬす》まれたのかわかったら、このページにそれを書《か》いてくれ。そうすれば、物語《ものがたり》にキーパーツが戻《もど》り、修復完了《しゅうふくかんりょう》だ。ただし、3

回《かい》、答《こた》えを間違《まちが》ってしまったら……君《きみ》は物語《ものがたり》から抜《ぬ》けだせなくなる。」

「えっ！」

「だから、書《か》く時《とき》はよく考《かんが》えて。むやみやたらに答《こた》えを書《か》かないようにね。ってことで、よろしく！」

「ちょ、ちょっと待《ま》ってよ！　やだよ！　おれ、家《いえ》に帰《かえ》らないと……。」

だが、声《こえ》をはりあげる宗介《そうすけ》の手《て》にブックを押《お》しつけ、ヴィルヘルム・グリムはさっと姿《すがた》を消《け》してしまった。本当《ほんとう》に煙《けむり》のように消《き》えてしまったのだ。

たったひとり、見知《みし》らぬ場所《ばしょ》に取《と》り残《のこ》され、宗介《そうすけ》はたちまち心細《こころぼそ》くなった。

「ヴィルヘルム、さん！　ど、どこ行《い》ったの？」

声《こえ》をあげ、小走《こばし》りで図書館《としょかん》の中《なか》を走《はし》りだした。ヴィルヘルムでなくてもいいから、誰《だれ》かに会《あ》いたかった。なんとかして助《たす》けてもらいたい。

だが、誰《だれ》も見当《みあ》たらなかった。

そして、いくら先《さき》に進《すす》んでも、出口《でぐち》らしきものは見《み》つからなかった。グリムワールドの大広間《おおひろま》を飛《と》びだし、廊下《ろうか》を走《はし》ったのだが、すぐにまた別《べつ》の大広間《おおひろま》へと入《はい》りこんでしまったのである。

そこもまた、グリムワールドに負《ま》けないほど書物《しょもつ》でいっぱいだった。

その先《さき》も、そしてその先《さき》も……。

まるではてしなく続《つづ》く森《もり》に、迷《まよ》いこんでしまったかのよう。世界中《せかいじゅう》の物語《ものがたり》を集《あつ》めてあるというのは、本当《ほんとう》のことなのかもしれない。

５つ目《め》の大広間《おおひろま》にたどりついたところで、宗介《そうすけ》は息《いき》が上《あ》がってしまい、足《あし》を止《と》めた。

「なんでこんなことになるんだよぉ。」

これはきっと夢《ゆめ》だ。夢《ゆめ》だから、目《め》を覚《さ》まさなくちゃ。

べそをかきながら、必死《ひっし》で体《からだ》のあちこちをつねってみたが、痛《いた》いだけで、目《め》が覚《さ》めることはなかった。

これはやはり現実《げんじつ》なのだろうか。いやいや、そんなはずない。

断《だん》じて認《みと》めないぞと思《おも》いながら、宗介《そうすけ》は渡《わた》されたキャラメル色《いろ》の本《ほん》を見《み》た。それほど厚《あつ》さはないが、ずしりと重《おも》たいブック。グリムワールドのブック。

ふいに、宗介《そうすけ》は怒《いか》りがわいてきた。

魔王《まおう》の襲撃《しゅうげき》？　キーパーツ？　わけのわからないことばかりまくしたてられ、あげくに物語《ものがたり》の修復《しゅうふく》をしろだって？　しかも、3回間違《かいまちが》えたらやばそうだし。冗談《じょうだん》じゃない。誰《だれ》がそんなことやるもんか。

宗介《そうすけ》はブックを投《な》げ捨《す》てたくなった。

でも、ヴィルヘルムの言葉《ことば》からすると、これはとても貴重《きちょう》なもののようだ。中《なか》にはどんなことが書《か》いてあるのか、ちょっとだけ見《み》ておくか。

宗介《そうすけ》はそっとページをめくってみた。最初《さいしょ》のページは真《ま》っ白《しろ》だった。と思《おも》いきや、急《きゅう》に文字《もじ》が浮《う》かびあがってきた。「ヘンゼルとグレーテル」と……。

「え？　どうなってんの……？」

目《め》を白黒《しろくろ》させる宗介《そうすけ》の前《まえ》で、ページにはどんどん文字《もじ》が現《あらわ》れていく。まるで見《み》えない手《て》が文字《もじ》を書《か》いていっているかのようだ。
最初《さいしょ》の文章《ぶんしょう》はこうだった。

深《ふか》い森《もり》の中《なか》を、ふたりの子《こ》どもがさまよっていました。

それを読《よ》んだ次《つぎ》の瞬間《しゅんかん》、宗介《そうすけ》は森《もり》の中《なか》に立《た》っていた。

第《だい》2章《しょう》

仲《なか》の悪《わる》い兄妹《きょうだい》

story 2

第２章　仲の悪い兄妹

「え？　……えええええっ！」

か細《ぼそ》い悲鳴《ひめい》をあげながら、宗介《そうすけ》はまわりを見《み》た。

うっそうとした森《もり》だった。土《つち》と草木《くさき》の強《つよ》い匂《にお》いがして、鳥《とり》や獣《けもの》の鳴《な》き声《ごえ》、ざわざわと木《き》がゆれる音《おと》に満《み》ちている。それに、薄暗《うすぐら》くて、とても不気味《ぶきみ》な雰囲気《ふんいき》だ。

ここにくらべれば、世界《せかい》の図書館《としょかん》のほうがずっとましだ。

元《もと》に戻《もど》る方法《ほうほう》はないかと、宗介《そうすけ》は急《いそ》いで持《も》っていたブックのページをめくった。だが、そこには「ヘンゼルとグレーテル」の物語《ものがたり》が書《か》いてあるばかり。うしろのページにいたっては、真《ま》っ白《しろ》で何《なに》も書《か》かれていない状態《じょうたい》だ。

どうしたらいいんだと、頭《あたま》をかかえそうになった時《とき》だ。ふいに、人《ひと》の声《こえ》が聞《き》こえてきた。かりかりと甲高《かんだか》い、怒《おこ》った子《こ》どもの声《こえ》だ。

宗介《そうすけ》は思《おも》わず身《み》をかがめ、声《こえ》のするほうをうかがった。

と、しげみをかきわけ、ふたりの子《こ》どもが姿《すがた》を現《あらわ》した。

男《おとこ》の子《こ》は宗介《そうすけ》と同《おな》じ年頃《としごろ》で、ぼろぼろのシャツに半《はん》ズボン、羽根《はね》のついた帽子《ぼうし》をかぶっている。

一方《いっぽう》、女《おんな》の子《こ》はもうすこし年下《としした》で、つぎはぎだらけのワンピース姿《すがた》だ。

ふたりともやせていて顔色《かおいろ》が悪《わる》く、それ以上《いじょう》に目《め》つきが悪《わる》かった。

「ああ、悪《わる》かったよ！　いつもいつもぼくが悪《わる》い！　そういうことなんだろ？」

「そうよ！　たったひとつしかないパンを、自分《じぶん》だけ食《た》べるなんて！　信《しん》じられない！」

「だからぼくはパンなんか食《た》べてないって！　何度《なんど》も言《い》ってるだろ？　パンは最初《さいしょ》からなかったんだよ。」

「そんなの、うそよ！」

女《おんな》の子《こ》がぎゃんぎゃんわめけば、男《おとこ》の子《こ》も負《ま》けじとどなり返《かえ》す。

「うそじゃないって。だいたい、ぼくが食《た》べたからといって、それがなんなのさ？

ぼくのほうが年上《としうえ》で、体《からだ》も大《おお》きいんだ。その分《ぶん》、おなかがすくんだよ！」

「ほら、すぐそうやって、年上《としうえ》だからって言《い》い訳《わけ》する！　そんなに年上《としうえ》だって言《い》うなら、年下《とした》のことを大事《だいじ》にしてくれたっていいじゃない！　おまけに、迷子《まいご》にまでなっちゃって。家《いえ》に帰《かえ》れなかったら、お兄《にい》ちゃんのせいだからね。ああ、お兄《にい》ちゃんなんか、いないほうがよかった！　お兄《にい》ちゃんなんか、死《し》んじゃえばいいのに！」

「ぼくだって、おまえみたいな妹《いもうと》、ほしくなかったよ！　何《なに》かあると、死《し》んじゃえって言《い》ってくる妹《いもうと》なんて、最悪《さいあく》さ！」

聞《き》くにたえないようなののしりあいをする兄《あに》と妹《いもうと》。いったいなんなんだと、宗《そう》介《すけ》はびっくりしていたが、はっとしてブックをのぞきこんだ。そこにはこんなことが書《か》いてあった。


深《ふか》い森《もり》の中《なか》を、ふたりの子《こ》どもがさまよっていました。ふたりは兄妹《きょうだい》で、

名前《なまえ》はヘンゼルとグレーテル。ふたりは仲《なか》が悪《わる》く、いつもケンカしてばかりでした。

その日《ひ》も、ひとつしかなかったパンのことでケンカになりました。グレーテルはヘンゼルがひとりでパンを食《た》べてしまったと怒《おこ》り、ヘンゼルはヘンゼルで「違《ちが》うと言《い》ってるのに。」と不機嫌《ふきげん》になりました。

おまけに「家《いえ》に帰《かえ》るならこっちが近道《ちかみち》だ。」というヘンゼルの思《おも》いこみのせいで、森《もり》の中《なか》に迷《まよ》いこんでしまったので、グレーテルは頭《あたま》にきてしまいました。

「お兄《にい》ちゃんなんか、いないほうがよかった！　お兄《にい》ちゃんなんか、死《し》んじゃえばいいのに！」と、何度《なんど》も言《い》いました。

ヘンゼルもヘンゼルで、「おまえみたいな妹《いもうと》、ほしくなかったよ！」と言《い》いかえしました。

第2章　仲の悪い兄妹

　そこまで読《よ》んで、宗介《そうすけ》は確信《かくしん》した。

　あのふたりはヘンゼルとグレーテルだ。そして、ここは間違《まちが》いなく物語《ものがたり》の世界《せかい》の中《なか》なのだ。それも、キーパーツとやらを盗《ぬす》まれて、めちゃくちゃに壊《こわ》れてしまった物語《ものがたり》の……。

「ど、どうすりゃいいんだよ？」

　修復《しゅうふく》しろと、ヴィルヘルムは言《い》っていたけれど、正直《しょうじき》、こんなにおかしくなってしまったものを直《なお》せるとはとても思《おも》えない。盗《ぬす》まれたものが何《なに》かを当《あ》てればいいと言《い》うが、まったく見当《けんとう》もつかない。しかも、3回間違《かいまちが》えてしまったら、ここから出《で》られなくなるという。

　八方《はっぽう》ふさがりじゃないかと、息《いき》が苦《くる》しくなってきた。

　そんな宗介《そうすけ》に気《き》づきもせず、ヘンゼルたちはケンカしながら森《もり》の奥《おく》へと進《すす》んでいく。宗介《そうすけ》はしかたなく、そっとあとをつけていくことにした。見守《みまも》っていれば、答《こた》えが見《み》つかるかもしれないと思《おも》ったのだ。

やがて、ヘンゼルたちはお菓子《かし》でできた家《いえ》にたどりついた。

そのおいしそうなことと言《い》ったら。

さまざまな形《かたち》のクッキーや砂糖菓子《さとうがし》をはめこんである壁《かべ》、チョコレートでできた扉《とびら》、キャンディの窓《まど》ガラス、ナッツと干《ほ》しぶどうをねりこんであるパンの屋《や》根《ね》。

おなかがぺこぺこのヘンゼルたちは、目《め》をぎらぎらさせて家《いえ》に飛《と》びついていった。

あたりには甘《あま》い匂《にお》いがたちこめていて、宗介《そうすけ》も急《きゅう》に差《さ》しこむような空腹《くうふく》を覚《おぼ》えた。

口《くち》の中《なか》からあふれそうになるよだれを必死《ひっし》でこらえ、お菓子《かし》の家《いえ》を食《く》い入《い》るように見《み》つめた。

小《ちい》さな頃《ころ》にあこがれたお菓子《かし》の家《いえ》が、今《いま》こうして目《め》の前《まえ》にある。ああ、一口《ひとくち》でいいから食《た》べたい。魔女《まじょ》が出《で》てくる前《まえ》に、こっそり忍《しの》びよっていって、クッキーを1枚《まい》か2枚《まい》、素早《すばや》く取《と》ることはできないだろうか？

そんなことを考《かんが》えていると、またヘンゼルとグレーテルがケンカを始《はじ》めた。今度《こんど》は、グレーテルが取《と》ったきれいな砂糖菓子《さとうがし》を、ヘンゼルがひったくったのが原因《げんいん》だった。

「それ、あたしの！」

「ぼくが最初《さいしょ》に目《め》をつけたんだ！　おまえはそっちの砂糖漬《さとうづ》けでも食《た》べればいいだろ！」

「いじわる！　死《し》んじゃえ！」

「ぼくのほうが年上《としうえ》なんだぞ！　言《い》うことを聞《き》け！」

ふたりががなりたてていた時《とき》だ。

ふいに扉《とびら》が開《ひら》き、おばあさんが姿《すがた》を現《あらわ》した。丸《まる》っこい体《からだ》つきに、おだやかな表《ひょう》情《じょう》。見《み》るからに優《やさ》しげな雰囲気《ふんいき》をまとっている。

魔女《まじょ》のご登場《とうじょう》だと、宗介《そうすけ》は隠《かく》れているしげみの中《なか》で首《くび》をすくめた。

だが、相手《あいて》の正体《しょうたい》を知《し》らないヘンゼルとグレーテルは、魔女《まじょ》に招《まね》かれて、まんまと家《いえ》の中《なか》に入《はい》っていってしまった。

これもブックに書《か》いてあるとおりだ。

宗介《そうすけ》はあわててページをめくり、物語《ものがたり》に目《め》を通《とお》した。

ふたりを家《いえ》の中《なか》に入《い》れたあと、魔女《まじょ》は正体《しょうたい》を現《あらわ》し、まずヘンゼルを小《ちい》さな檻《おり》の中《なか》に閉《と》じこめました。でも、グレーテルには優《やさ》しく言《い》いました。

『あんたはかしこそうだし、なかなか見《み》どころがありそうだ。どうだね？　あたしの弟子《でし》にならないかい？　魔女《まじょ》になれば、一生《いっしょう》ぜいたくに楽《たの》しく暮《く》ら

せるよ？』

その言葉《ことば》に、グレーテルはすぐさまうなずきました。

『なります！』

『ひひひ。よい子《こ》だね。それじゃ、魔女《まじょ》の弟子《でし》としての最初《さいしょ》の仕事《しごと》だよ。檻《おり》の中《なか》の兄《にい》さんに、うんとごちそうを作《つく》って食《た》べさせておやり。』

『どうしてですか？』

『もちろん、太《ふと》らせて食《た》べるためさ。……偉大《いだい》な魔女《まじょ》になるためには、自分《じぶん》の家族《かぞく》の誰《だれ》かをいけにえにしないとね。……あんた、兄《にい》さんをいけにえに差《さ》しだせるかい？』

グレーテルはにこりとしました。

『もちろんです。お兄《にい》ちゃんは意地《いじ》きたなくて、あたしにいじわるばかりしていたの。死《し》んじゃえばいいって、いつも思《おも》ってた。あんなやつ、とっとと食《た》べちゃってください。』

『ほほう。いい返事《へんじ》だ。じゃ、さっそく始《はじ》めよう。』

そうして、グレーテルは魔女《まじょ》に言《い》われるままに、せっせとヘンゼルのためにごちそうを作《つく》りました。何《なに》も知《し》らないヘンゼルは、『逃《に》げたいよ。』と泣《な》きながらも、檻《おり》の中《なか》でごちそうを食《た》べて、むくむくと太《ふと》っていきました。

そして、とうとうその日《ひ》が来《き》ました。

ヘンゼルはいじわるばかりしてきた妹《いもうと》に復讐《ふくしゅう》され、大《おお》きなパイにされて、魔女《まじょ》に食《た》べられてしまいました。

グレーテルは笑《わら》いながらそれを見《み》ていました。彼女《かのじょ》はもう一人前《いちにんまえ》の魔女《まじょ》でした。

おしまい。

読《よ》み終《お》わり、宗介《そうすけ》は真《ま》っ青《さお》になった。

「や、やばいよ、これ。」

第2章　仲の悪い兄妹

今《いま》のところ、ものごとはブックに書《か》いてあるとおりに進《すす》んでいる。ということは、このままでは、ヘンゼルは魔女《まじょ》に食《く》われ、グレーテルは魔女《まじょ》になってしまうということだ。なんとかしてふたりを助《たす》けなくては。

それに……と、宗介《そうすけ》はふいに思《おも》い当《あ》たった。

物語《ものがたり》を直《なお》すことができれば、自分《じぶん》は元《もと》の世界《せかい》に戻《もど》れるかもしれない。いや、きっと戻《もど》れるはずだ。

急《きゅう》にやる気《き》が出《で》てきた宗介《そうすけ》は、そっとお菓子《かし》の家《いえ》に近《ちか》づき、窓《まど》から中《なか》をのぞいてみた。部屋《へや》の中《なか》にヘンゼルの姿《すがた》は見当《みあ》たらない。すでにつかまったあとなのだろう。

でも、グレーテルはいた。おびえているグレーテルに、魔女《まじょ》は猫《ねこ》なで声《ごえ》で「魔女《まじょ》にならないか？」と話《はな》しかけているところだった。

「あんたはかしこそうだし、なかなか見《み》どころがありそうだ。どうだね？　あたしの弟子《でし》にならないかい？　魔女《まじょ》になれば、一生《いっしょう》ぜいたくに楽《たの》しく暮《く》らせるよ？」

その言葉《ことば》に、グレーテルはすぐさまうなずいた。

「なります！」

「ひひひ。よい子《こ》だね。それじゃ、魔女《まじょ》の弟子《でし》としての最初《さいしょ》の仕事《しごと》だよ。檻《おり》の中《なか》の兄《にい》さんに、うんとごちそうを作《つく》って食《た》べさせておやり。」

「どうしてですか？」

「もちろん、太《ふと》らせて食《た》べるためさ。……偉大《いだい》な魔女《まじょ》になるためには、自分《じぶん》の家族《かぞく》の誰《だれ》かをいけにえにしないとね。……あんた、兄《にい》さんをいけにえに差《さ》しだせるかい？」

「もちろんです。」

目《め》をきらきらさせながら、グレーテルはにっこりした。

「お兄《にい》ちゃんは意地《いじ》きたなくて、あたしにいじわるばかりしていたの。死《し》んじゃえばいいって、いつも思《おも》ってた。あんなやつ、とっとと食《た》べちゃってください。」

「ほほう。いい返事《へんじ》だ。じゃ、さっそく始《はじ》めよう。」

外《そと》で会話《かいわ》を盗《ぬす》み聞《ぎ》きしていた宗介《そうすけ》は、あちゃあっと声《こえ》をあげそうになった。

「ブックに書《か》いてあること、そのまんまじゃないか……グレーテルの目《め》を覚《さ》まさせないと。」

チャンスはないものかと、宗介《そうすけ》がうかがっていると、魔女《まじょ》がグレーテルにこんなことを言《い》うのが聞《き》こえてきた。

「それじゃ、あたしはすこしばかり出《で》かけてくるよ。あんたはごちそうを作《つく》って、たっぷり兄《にい》さんに食《た》べさせておやり。台所《だいどころ》にあるものはなんでも使《つか》っていいから。」

「はい、わかりました。」

「ふふふ。しっかり頼《たの》んだよ。」

そうして、魔女《まじょ》はほうきを持《も》って、お菓子《かし》の家《いえ》から出《で》ていった。

これはチャンスだと、宗介《そうすけ》は思《おも》った。グレーテルを説得《せっとく》して、ヘンゼルといっしょにお菓子《かし》の家《いえ》から逃《に》がすのだ。そうすれば、物語《ものがたり》はハッピーエンドを迎《むか》えられる。とりあえず、それで「修復《しゅうふく》」したことになるはずだ。

宗介《そうすけ》はすぐにお菓子《かし》の家《いえ》に入《はい》ることにした。いつ魔女《まじょ》が戻《もど》ってくるかわからないので、本当《ほんとう》はこわくてたまらなかった。一分《いっぷん》でも一秒《いちびょう》でも早《はや》く、ヘンゼルたちを助《たす》けだして、ここから逃《に》げたい。

グレーテルは台所《だいどころ》にいた。かまどにたきぎをくべたり、スープの入《はい》った大鍋《おおなべ》をかきまぜたり、ハムを切《き》ったりしている。本当《ほんとう》に楽《たの》しそうで、逃《に》げる気《き》なんて、さらさらなさそうだ。

「グ、グレーテル、ここにいちゃだめだよ。」

思《おも》いきって声《こえ》をかける宗介《そうすけ》に、グレーテルは顔《かお》をあげ、目《め》を丸《まる》くした。

「あんた、誰《だれ》？　……お菓子《かし》の家《いえ》に誘《さそ》われてきた子《こ》？」

「違《ちが》うよ。ねえ、グレーテル。ここ、ほんとやばいんだよ。お兄《にい》さんをいけにえにしちゃだめだ。そうなったら、ほんとにいやな終《お》わり方《かた》になっちゃうんだよ。魔女《まじょ》になんかならないほうがいいって。」

「なんであたしの名前《なまえ》を……それに、なんでいろいろ知《し》ってるの？　あんた、もしかして魔法使《まほうつか》い？」

「そんなこと、どうでもいいじゃないか。それより、ちゃんとおれの言《い》うこと聞《き》いてよ。ヘンゼルはどこ？　魔女《まじょ》が帰《かえ》ってくる前《まえ》に、ふたりでいっしょに逃《に》げなきゃだめだ。」

「いやよ！」

グレーテルはきっぱりと言《い》った。その目《め》はぎらぎらと光《ひか》っていた。

「あたしは魔女《まじょ》になりたいの。それに、お兄《にい》ちゃんは昔《むかし》からいじわるで最低《さいてい》だった。ずっと死《し》んでほしいって思《おも》ってた。魔女《まじょ》が食《た》べてくれるなら、こんなうれしいことはないわ。」

「そんな……本気《ほんき》じゃないよね？」

「もちろん本気《ほんき》よ。」

グレーテルはいまいましそうに顔《かお》をゆがめた。

「いつだって、ぼくは年上《としうえ》だ、言《い》うことを聞《き》けって、いばってばかり。あたし、まるで召《め》し使《つか》いみたいだった。あたしのものをなんでも取《と》っちゃうし。お父《とう》さんたちにしかられそうになると、あたしのせいだって、言《い》い張《は》るし。そんなお兄《にい》ちゃんに、いつまでもがまんなんかできないわ。」

「……………」

「今日《きょう》だって、パンをひとりで食《た》べちゃったのよ？　あれしか食《た》べるものはなかったのに、ひとりじめしたの。お兄《にい》ちゃんは食《た》べてないなんて言《い》ってたけど、うそに決《き》まってる。」

憎々《にくにく》しげに言《い》うグレーテルに、宗介《そうすけ》ははっとした。

「待《ま》って。それじゃ、パンはなかったんだね？」

「そうよ。」

これだと、宗介《そうすけ》は興奮《こうふん》した。

盗《ぬす》まれたキーパーツは「パン」だ。パンがなかったから、グレーテルはヘンゼルに怒《おこ》り、魔女《まじょ》の弟子《でし》になってもいいという気《き》になったのだろう。

では、パンがあったら？　きっとふたりはケンカをせず、グレーテルだって魔女《まじょ》の弟子《でし》になりたいなどと思《おも》うこともないはずだ。

宗介《そうすけ》はばっとブックを開《ひら》き、羽根《はね》ペンを手《て》に取《と》った。

たしかヴィルヘルムは、キーパーツがわかったらブックのページに書《か》けと言《い》っていた。そこで、「ヘンゼルとグレーテル」の最初《さいしょ》のページの余白《よはく》に、大《おお》きく「パン」と書《か》きこんだ。

「さあ、これでどうだ！」

ブックのページが光《ひか》り、それまであった文章《ぶんしょう》がさっと消《き》えた。かわりに、新《あたら》しい文章《ぶんしょう》が浮《う》きあがってきた。

宗介《そうすけ》はどきどきしながら、それに目《め》を通《とお》した。

「深《ふか》い森《もり》の中《なか》を、ふたりの子《こ》どもがさまよっていました。……あれ？　これって、さっき読《よ》んだのと同《おな》じ？」

どうなっているんだと、顔《かお》をあげ、宗介《そうすけ》はぽかんとした。

グレーテルが消《き》えていた。台所《だいどころ》も見当《みあ》たらない。そこはうっそうとした森《もり》の中《なか》だった。

ちょっと見覚《みおぼ》えのあることに気《き》づき、宗介《そうすけ》は納得《なっとく》した。

「そうか。物語《ものがたり》の最初《さいしょ》に戻《もど》ったんだ。ってことは……。」

待《ま》っていると、ほどなくヘンゼルとグレーテルがしげみのむこうから現《あらわ》れた。

「ああ、悪《わる》かったよ！　いつもいつもぼくが悪《わる》い！　そういうことなんだろ？」

「そうよ！　たったひとつしかないパンを、自分《じぶん》だけ食《た》べるなんて！　信《しん》じられない！」

「なんで、そんなにがみがみ言《い》われなきゃいけないいんだよ？　ぼくのほうが年上《としうえ》で、体《からだ》も大《おお》きいんだ。その分《ぶん》、おなかがすくんだよ！」

「ほら、すぐそうやって、年上《としうえ》だからって言《い》い訳《わけ》する！　そんなに年上《としうえ》だって言《い》うなら、年下《としした》のことを大事《だいじ》にしてくれたっていいじゃない！　おまけに、迷子《まいご》にまでなっちゃって。家《いえ》に帰《かえ》れなかったら、お兄《にい》ちゃんのせいだからね。ああ、お兄《にい》ちゃんなんか、いないほうがよかった！　お兄《にい》ちゃんなんか、死《し》んじゃえばいいのに！」

「ぼくだって、おまえみたいな妹《いもうと》、ほしくなかったよ！　何《なに》かあると、死《し》んじゃえって言《い》ってくる妹《いもうと》なんて、最悪《さいあく》さ！」

大声《おおごえ》でどなりあうふたりに、宗介《そうすけ》は目《め》を白黒《しろくろ》させた。

あいかわらず仲《なか》の悪《わる》い兄妹《きょうだい》。これじゃさっきと同《おな》じじゃないか。

宗介《そうすけ》はあわててブックを開《ひら》いて、書《か》き直《なお》された物語《ものがたり》を読《よ》んだ。

深《ふか》い森《もり》の中《なか》を、ふたりの子《こ》どもがさまよっていました。ふたりは兄妹《きょうだい》で、名前《なまえ》はヘンゼルとグレーテル。ふたりは仲《なか》が悪《わる》く、いつもケンカしてばかりでした。

その日《ひ》も、ヘンゼルがひとつしかないパンをひとりじめしてしまい、おまけに「家《いえ》に帰《かえ》るならこっちが近道《ちかみち》だ。」というヘンゼルの思《おも》いこみのせいで、森《もり》の中《なか》に迷《まよ》いこんでしまったので、グレーテルは頭《あたま》にきてしまいました。

ほとんど文章《ぶんしょう》は変《か》わっておらず、ヘンゼルとグレーテルの仲《なか》の悪《わる》さはあいかわらずだ。

いやな予感《よかん》を覚《おぼ》え、宗介《そうすけ》は物語《ものがたり》の最後《さいご》を読《よ》んでみた。

予感《よかん》は的中《てきちゅう》した。結末《けつまつ》は変《か》わっていなかったのだ。ヘンゼルは食《た》べられ、グレーテルは魔女《まじょ》になってしまう。

「ど、どうしてだよ！　ちゃんと『パン』って書《か》いたのに！」

だが、もう自分《じぶん》でもわかっていた。盗《ぬす》まれたキーパーツは「パン」ではなかったのだ。

思《おも》わずブックを放《ほう》りだし、またはっとした。キャラメル色《いろ》の表紙《ひょうし》が、3分《ぶん》の1ほど、まるでインクがにじんだみたいに黒《くろ》くなっていたのだ。

不吉《ふきつ》な色変《いろが》わりに、宗介《そうすけ》はぞっとした。

しくじった。答《こた》えを間違《まちが》えてしまった。あと2回不正解《かいふせいかい》を出《だ》したら、おしまいだ。きっとブックの表紙全体《ひょうしぜんたい》が真《ま》っ黒《くろ》になり、二度《にど》と開《ひら》けないようになるに違《ちが》いない。

なぜか、はっきりとそう感《かん》じた。

「そんな……そんな……。」

恐怖《きょうふ》でのどがからからになり、心臓《しんぞう》が口《くち》から飛《と》びだしそうになった。

そして、ふと気《き》づいた時《とき》には、ヘンゼルたちの姿《すがた》が見《み》えなくなっていた。

「やべっ！」

宗介《そうすけ》はあわててふたりをさがすことにした。ここで自分《じぶん》が迷子《まいご》になってしまっては、しゃれにもならないからだ。

だが、ようやくお菓子《かし》の家《いえ》を見《み》つけた時《とき》には、だいぶ時間《じかん》がたってしまっていた。

あいかわらずお菓子《かし》の家《いえ》はおいしそうだったが、今回《こんかい》ばかりは宗介《そうすけ》も空腹《くうふく》を感《かん》じなかった。それどころではなかったからだ。

そっと中《なか》をのぞきこんでみたところ、魔女《まじょ》の姿《すがた》はなく、グレーテルがうれしそうに台所《だいどころ》で料理《りょうり》を作《つく》っていた。

どうしようと、宗介《そうすけ》は考《かんが》えた。さっきと同《おな》じ状態《じょうたい》なら、グレーテルを説得《せっとく》するのは無理《むり》そうだ。本気《ほんき》で兄《あに》を嫌《きら》っているようだから。

「でも……おかしいなあ。絶対《ぜったい》パンだと思《おも》ったんだけど。パンがないから、ふたりの仲《なか》は最悪《さいあく》になっちゃったんだろ？　でも、パンがあっても、ヘンゼルがひとりじめしちゃって、またケンカすることになった……ああ、もう！　なんなんだよ、

「キーパーッって！」

頭《あたま》をがしがしとかいた時《とき》だ。ふいに、強《つよ》い力《ちから》で肩《かた》をつかまれた。

ふりむけば、そこに魔女《まじょ》がいた。

魔女《まじょ》はあいかわらず優《やさ》しげなおばあさんに見《み》えた。ふんわりとした表情《ひょうじょう》に、ふくふくとした体《からだ》つき。着《き》ている服《ふく》からはお菓子《かし》の匂《にお》いがする。

だが……。

凍《こお》りついている宗介《そうすけ》をしげしげと見《み》たあと、魔女《まじょ》はにんまりと笑《わら》ったのだ。

とたん、口《くち》が大《おお》きく裂《さ》け、ずらりと並《なら》んだ牙《きば》がむき出《だ》しとなった。サメの牙《きば》そっくりで、宗介《そうすけ》の指《ゆび》どころか、腕《うで》だってひとかみで食《く》いちぎれるに違《ちが》いない。

あまりにもおそろしくて、宗介《そうすけ》は悲鳴《ひめい》をあげることさえできなかった。

同時《どうじ》に、ふと頭《あたま》の片隅《かたすみ》で思《おも》いだした。

昔《むかし》、「ヘンゼルとグレーテル」を読《よ》んでいて、不思議《ふしぎ》に思《おも》ったことがある。こんなすばらしいお菓子《かし》の家《いえ》を作《つく》れるのに、魔女《まじょ》はどうしてお菓子《かし》ではなく子《こ》どもを食《た》

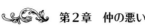

べたがるんだろうと。

だが、今《いま》わかった。こいつはどんなお菓子《かし》よりも、子《こ》どものほうが好物《こうぶつ》なのだ。宗介《そうすけ》を見《み》つめるぎらぎらとした目《め》つき、よだれがしたたりそうな口元《くちもと》が、それを物《もの》語《がた》っている。

「お、お、おれはおいしくないです!」

やっとのことで声《こえ》をしぼりだした宗介《そうすけ》だったが、魔女《まじょ》に対《たい》してはまったく意味《いみ》がなかった。

宗介《そうすけ》はあれよあれよという間《ま》にかかえあげられ、家《いえ》に連《つ》れこまれた。グレーテルが驚《おどろ》いて駆《か》けよってきた。

「だ、誰《だれ》ですか、それ?」

「お菓子《かし》の家《いえ》に引《ひ》きよせられた子《こ》だろうさ。なんにせよ、運《うん》がよかった。こっちはそこそこ肉付《にくづ》きもいいし、今日《きょう》のうちに燻製《くんせい》にでもしようかねえ。」

うれしげに言《い》って、魔女《まじょ》は宗介《そうすけ》を地下室《ちかしつ》へと運《はこ》び、小《ちい》さな檻《おり》の中《なか》に放《ほう》りこんだ。

がしんと、カギをかけられた音《おと》が響《ひび》き、宗介《そうすけ》は悲鳴《ひめい》をあげた。

「出《だ》して！　出《だ》してください！　お願《ねが》いします！」

もちろん、魔女《まじょ》は知《し》らん顔《かお》だ。そのまま、上《うえ》へ上《あ》がっていってしまった。

なんとか逃《に》げられないかと、宗介《そうすけ》は檻《おり》の格子《こうし》をつかんで、ゆさぶった。錠前《じょうまえ》をつかんで、引《ひ》っぱってもみた。

だが、何《なに》をやっても、鉄《てつ》の檻《おり》はびくともしない。

頭《あたま》の中《なか》に、物語《ものがたり》の終《お》わりが浮《う》かんできた。「魔女《まじょ》はヘンゼルと見知《みし》らぬ男《おとこ》の子《こ》をおなかいっぱい食《た》べて、大満足《だいまんぞく》のげっぷをしました。おしまい。」と。

そんな終《お》わり方《かた》あんまりだ。

「ヴィルヘルム！　ストーリーマスターなんだろ！　おれを助《たす》けて！　助《たす》けてよ！」

夢中《むちゅう》で叫《さけ》んだ時《とき》だ。

「ばかだなあ。助《たす》けなんて来《く》るわけないじゃないか。」

あざけるような声《こえ》に、宗介《そうすけ》は横《よこ》を見《み》た。

初《はじ》めて気《き》づいたが、宗介《そうすけ》の檻《おり》の横《よこ》にはもうひとつ、檻《おり》があった。中《なか》にはヘンゼルがいた。泣《な》きはらした目《め》は赤《あか》かったが、その口《くち》はいじわるげにゆがんでいた。

驚《おどろ》いている宗介《そうすけ》に、ヘンゼルは言《い》った。

「ここは森《もり》の奥《おく》の魔女《まじょ》の家《いえ》なんだよ？　ぼくらがここにいるって、知《し》っている人《ひと》だっていないんだ。だから、うるさくするのはやめてくれよ。どのみち、助《たす》かりっこないんだから。」

「で、でも、このままじゃ、おれら、食《た》べられてしまうんだよ？　それに、グレーテルは魔女《まじょ》になってしまう。それでもいいの？」

「グレーテル……。」

ヘンゼルはいまいましそうになった。

「あいつ、うまいことやったよな。自分《じぶん》だけ魔女《まじょ》にへつらってさ。ほんと、ずるくていやなやつだよ。あんなのが妹《いもうと》なんて、ぼくは世界一《せかいいち》かわいそうな兄貴《あにき》だよ。」

「……あの子《こ》、すごく君《きみ》に怒《おこ》っていたよ？　……パンをひとりじめしちゃったって、ほんと？」

「ああ、まあ、そうだね。」

「なんでグレーテルにわけてあげなかったのさ？」

「だって、パンはすごく小《ちい》さかったんだ。わけたら、ぼくの取《と》り分《ぶん》が減《へ》っちゃうじゃないか。ぼくはあいつより体《からだ》が大《おお》きいし、たくさん食《た》べないと、すぐに動《うご》けなくなっちゃうんだよ。」

「………………」

「だいたい、ぼくは妹《いもうと》なんかほしくなかったんだ。妹《いもうと》ができてから、ずっと不幸《ふこう》だよ。ぼくがもらえる食《た》べものも半分《はんぶん》になってしまったし。……でも、そんなことより何《なに》より、あいつがかわいいと思《おも》えないんだ。何《なに》かっていうと、ぎゃあぎゃあ文《もん》句《く》言《い》ってくるし。だいたい、口癖《くちぐせ》は、『あんたなんか死《し》んじゃえ！』なんだぜ？　あんな妹《いもうと》じゃ、かわいがるなんて無理《むり》だよ。」

ぶつくさ文句《もんく》を言《い》いつづけるヘンゼル。こいつ、本当《ほんとう》にヘンゼルなのかと、宗介《そうすけ》は情《なさ》けない気分《きぶん》になった。

宗介《そうすけ》が覚《おぼ》えている物語《ものがたり》では、ヘンゼルは優《やさ》しくて頼《たよ》りがいのあるお兄《にい》ちゃんだった。こんなお兄《にい》ちゃん、グレーテルじゃなくても嫌気《いやけ》が差《さ》すだろう。

一方《いっぽう》、グレーテルにも問題《もんだい》ありだ。がんこで、口《くち》が悪《わる》いし、生意気《なまいき》だ。あの「死《し》んじゃえ！」というのは、他人《たにん》の宗介《そうすけ》が聞《き》いていても不愉快《ふゆかい》だった。

ひとりっ子《こ》の宗介《そうすけ》には兄弟《きょうだい》というものがいまいちわからないが、それでもこのふたりの関係《かんけい》が異常《いじょう》だというのはわかる。ふたりにもうすこしおたがいを思《おも》いやる心《こころ》があれば、もっと別《べつ》な物語《ものがたり》になるはずなのに。

「あっ！」

ふいに、宗介《そうすけ》は大声《おおごえ》をあげた。盗《ぬす》まれたものが何《なに》か、今度《こんど》こそわかった気《き》がしたのだ。

急《いそ》いでブックを取《と》りだした。だが、答《こた》えを書《か》きこもうとしたところで、ふいに怖《お》じ気《け》づいた。

これが正解《せいかい》だと思《おも》うけど、もし間違《まちが》っていたら？　手《て》がふるえた。チャンスはあと2回《かい》しかないのだ。

だが、ためらっていると、廊下《ろうか》のむこうからコツコツと足音《あしおと》が聞《き》こえてきた。ふんふんと、楽《たの》しげな鼻歌《はなうた》もだ。

そうして、ふたたび檻《おり》の前《まえ》に魔女《まじょ》が現《あらわ》れた。

「燻製《くんせい》の準備《じゅんび》ができたよ。さあ、出《で》ておいで、ぼうや。」

「いやだあああっ！」

「この！　とっとと出《で》てくるんだよ！」

魔女《まじょ》は檻《おり》の小《ちい》さな扉《とびら》を開《あ》け、腕《うで》をつっこんできた。宗介《そうすけ》は檻《おり》のいちばん奥《おく》にはりつくようにして体《からだ》を押《お》しつけ、つかまらないように、必死《ひっし》で身《み》を縮《ちぢ》めた。

だが、魔女《まじょ》はあきらめず腕《うで》を伸《の》ばしてくる。尖《とが》った指先《ゆびさき》が2回《かい》、3回《かい》と宗介《そうすけ》の肩《かた》をかすめる。

その感触《かんしょく》に、宗介《そうすけ》は髪《かみ》の毛《け》が逆立《さかだ》った。このままでは本当《ほんとう》に食《た》べられてしまう。助《たす》かるには、ブックに答《こた》えを書《か》くしかない。

うしろ向《む》きに考《かんが》えるなと、宗介《そうすけ》は自分《じぶん》を励《はげ》ました。

あと2回《かい》もあると考《かんが》えろ。たとえ間違《まちが》ったとしても、それはそれでいいじゃないか。物語《ものがたり》が巻《ま》き戻《もど》されれば、少《すく》なくとも今《いま》の危機《きき》からは逃《のが》れられるぞ。

「やるっきゃない！」

覚悟《かくご》を決《き》め、宗介《そうすけ》はふるえる手《て》でブックに羽根《はね》ペンを走《はし》らせた。「兄妹愛《きょうだいあい》」と。

その瞬間《しゅんかん》、ブックが金色《きんいろ》の光《ひかり》を発《はっ》した。

まばゆい光《ひかり》の中《なか》で、宗介《そうすけ》は自分《じぶん》を取《と》りまく空気《くうき》が変《か》わるのを感《かん》じた。なんだろう。何《なに》もかもがあるべきところにおさまったような、不思議《ふしぎ》な安心感《あんしんかん》が広《ひろ》がっていく。

はっと気《き》がつけば、宗介《そうすけ》は本《ほん》のページのように真《ま》っ白《しろ》な空間《くうかん》の中《なか》に立《た》っていた。右《みぎ》も左《ひだり》も、足下《あしもと》も頭《あたま》の上《うえ》も、ただただ純白《じゅんぱく》が広《ひろ》がっている。まるで白《しろ》い宇宙《うちゅう》に浮《う》かんでいるかのようだ。

いったいここはどこなんだと思《おも》いながら、宗介《そうすけ》はブックをのぞきこんだ。次《つぎ》の瞬《しゅん》間《かん》、思《おも》わずガッツポーズをとった。

「やった！」

ブックには、それまでなかったさし絵《え》があった。笑顔《えがお》のヘンゼルとグレーテルが、お菓子《かし》の家《いえ》から手《て》を取《と》りあって逃《に》げだしている絵《え》だ。

その横《よこ》のページには、こんな文章《ぶんしょう》が書《か》いてあった。


グレーテルはすきを見《み》て魔女《まじょ》をかまどに閉《と》じこめ、ヘンゼルを救《すく》いだしました。

ふたりは魔女《まじょ》の家《いえ》から宝物《たからもの》を持《も》って逃《に》げだし、無事《ぶじ》に家《いえ》に帰《かえ》りました。そして、いつまでも幸《しあわ》せに暮《く》らしました。

おしまい。

宗介《そうすけ》はうれしくてぴょんぴょん飛《と》び跳《は》ねた。

これこそ、宗介《そうすけ》が知《し》っている「ヘンゼルとグレーテル」の物語《ものがたり》だ。やはりキーパーツは「兄妹愛《きょうだいあい》」だったのだ。無事《ぶじ》にハッピーエンドにできたことが、心底《しんそこ》うれしかった。

これで修復《しゅうふく》は完了《かんりょう》だ。さあ、早《はや》く家《いえ》に帰《かえ》ろう。

ところが、いつまでたっても、何《なに》も起《お》きなかった。ただ静《しず》かな白《しろ》い空間《くうかん》が広《ひろ》がっているだけだ。

宗介《そうすけ》はヴィルヘルムを呼《よ》んでみた。

「おーい！　修復終《しゅうふくお》わったよー！　元《もと》の世界《せかい》に戻《もど》してよー！」

だが、声《こえ》はこだまするだけで、返事《へんじ》はなかった。

「どうなってんだよ。修復《しゅうふく》したら、それで終《お》わりのはずだろ？　……ブックに帰《かえ》るための方法《ほうほう》が書《か》いてあるとか？」

ありえそうだと、宗介《そうすけ》は「ヘンゼルとグレーテル」の次《つぎ》のページをめくってみた。と、空白《くうはく》だったページに、こんな言葉《ことば》が浮《う》かびあがってきた。

「ラプンツェル」と。

第《だい》3章《しょう》

優《やさ》しい魔女《まじょ》

story 3

「うそ！　なんでまた物語《ものがたり》が始《はじ》まるわけ？」
仰天《ぎょうてん》する宗介《そうすけ》が見《み》ている間《あいだ》にも、みるみる文章《ぶんしょう》が浮《う》かびあがってくる。

昔々《むかしむかし》あるところに、子《こ》どものいない夫婦《ふうふ》がおりました。ようやく子《こ》どもをさずかり、奥《おく》さんのおなかが大《おお》きくなりはじめた頃《ころ》のことです。奥《おく》さんは隣《となり》の庭《にわ》においしそうなラプンツェルがたくさん植《う》わっているのを見《み》ました。

宗介《そうすけ》が読《よ》んでいる間《あいだ》に、白《しろ》い空間《くうかん》はぼやけていき、かわりに大《おお》きな庭《にわ》が現《あらわ》れた。
そこには色《いろ》とりどりの花《はな》があふれんばかりに咲《さ》いていた。手入《てい》れの行《ゆ》きとどいた家庭菜園《かていさいえん》もあって、つやつやとしたトマトやナスがいっぱい育《そだ》っている。

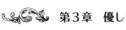

中《なか》でもひときわ青々《あおあお》とした葉《は》をしげらせている野菜《やさい》が、畑《はたけ》に1列《れつ》に並《なら》んでいた。あれがラプンツェルに違《ちが》いない。物語《ものがたり》の奥《おく》さんでなくても食《た》べたくなってしまうような、おいしそうな代物《しろもの》だ。

と、庭《にわ》を囲《かこ》んでいる塀《へい》のむこうから、女《おんな》の人《ひと》の大《おお》きな声《こえ》が聞《き》こえてきた。

「お願《ねが》い、あなた。あのラプンツェルを手《て》に入《い》れてきて。あれを食《た》べないと、わたし、死《し》んでしまいそう！」

もう物語《ものがたり》は始《はじ》まっているんだ。この「ラプンツェル」の結末《けつまつ》はどう変《か》わってしまっているのだろう？

宗介《そうすけ》は大《おお》あわてでブックを読《よ》みだした。

奥《おく》さんは、そのラプンツェルを食《た》べたくてたまらなくなりました。

「お願《ねが》い、あなた。あのラプンツェルを手《て》に入《い》れてきて。あれを食《た》べないと、わたし、死《し》んでしまいそう！」

奥《おく》さんに頼《たの》みこまれ、旦那《だんな》さんは隣《となり》の庭《にわ》の持《も》ち主《ぬし》に「ラプンツェルをわけてください。」と頼《たの》みに行《い》きました。

その持《も》ち主《ぬし》とは、誰《だれ》あろう、魔女《まじょ》でした。でも、心《こころ》の優《やさ》しい魔女《まじょ》だったので、旦那《だんな》さんの願《ねが》いをこころよく聞《き》き入《い》れてくれました。

「好《す》きなだけ持《も》っていっていいけれど、あんまり食《た》べすぎないように気《き》をつけるんだよ。うちの庭《にわ》の野菜《やさい》には魔法《まほう》がこめられているからね。」

そう言《い》われたものの、奥《おく》さんはあまりにラプンツェルがおいしくて、それしか食《た》べないようになってしまいました。そして、女《おんな》の赤《あか》ちゃんを産《う》み落《お》とすと同時《どうじ》に、亡《な》くなってしまったのです。

えっ……と、宗介《そうすけ》は青《あお》ざめた。

「こ、こんな話《はなし》だったっけ？」

さらに読《よ》んでみたところ、悲劇《ひげき》はまだ続《つづ》いていた。

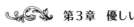

奥《おく》さんが亡《な》くなったことに、旦那《だんな》さんはなげき悲《かな》しみ、これまた死《し》んでしまうのだ。

ひとり残《のこ》された赤《あか》ん坊《ぼう》は、魔《ま》女《じょ》が引《ひ》き取《と》ることになった。魔《ま》女《じょ》は「自分《じぶん》の野菜《やさい》のせいで夫婦《ふうふ》は死《し》んでしまった。」と後悔《こうかい》しており、その罪《つみ》ほろぼしとして、この赤《あか》ん坊《ぼう》をラプンツェルと名《な》づけ、たいせつに育《そだ》てようと決《き》めた。

魔《ま》女《じょ》はラプンツェルを高《たか》い塔《とう》の上《うえ》で育《そだ》てることにした。

「外《そと》は危険《きけん》がいっぱいだもの。ここにいれば、この子《こ》は安全《あんぜん》だ。誰《だれ》にも傷《きず》つけられないし、病気《びょうき》にだってかからないだろう。あとは、あたしがいっぱい愛情《あいじょう》をそそいでやればいい。」

そうして、魔《ま》女《じょ》にべたべたに甘《あま》やかされ、ラプンツェルは幸《しあわ》せに大《おお》きくなっていく。何年《なんねん》も、何十年《なんじゅうねん》も……。

魔《ま》女《じょ》にたいせつに守《まも》られ、ラプンツェルはすくすくと大《おお》きくなっていきま

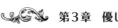

した。

赤《あか》ん坊《ぼう》から子《こ》どもへ、子《こ》どもから乙女《おとめ》へ、乙女《おとめ》から中年《ちゅうねん》へ、そして老婆《ろうば》へ。90歳《さい》になっても、ラプンツェルは自分《じぶん》で何《なに》かすることはなく、塔《とう》の外《そと》に興味《きょうみ》を抱《いだ》くこともなく、おもちゃとお菓子《かし》をほしがりました。

そんなラプンツェルのめんどうを、魔女《まじょ》はせっせと見続《みつづ》けました。魔女《まじょ》にとって、ラプンツェルはいくつになろうと、小《ちい》さな赤《あか》ちゃんだったのです。

ラプンツェルが死《し》んだあとも、魔女《まじょ》はラプンツェルの骨《ほね》に服《ふく》を着《き》せ、髪《かみ》をとかし、子守唄《こもりうた》を歌《うた》いつづけました。

その歌声《うたごえ》は今《いま》も塔《とう》の中《なか》から聞《き》こえてくるということです。

おしまい。

うわあと、宗介《そうすけ》は顔《かお》をおおった。

これはひどい。ひどすぎる。ラプンツェルが不幸《ふこう》とはどこにも書《か》いていないけれど、なぜか胸《むな》くそが悪《わる》くてしかたない。こうあってはいけないという違和感《いわかん》で、体《からだ》じゅうをがりがりひっかかれるような心地《ここち》だ。

「こんなふうに終《お》わっちゃだめだ。ラプンツェルは、最後《さいご》は王子《おうじ》さまと結婚《けっこん》して、いつまでも幸《しあわ》せに暮《く》らしました、にしないと。」

顔《かお》をあげ、宗介《そうすけ》は驚《おどろ》いた。いつの間《ま》にか、美《うつく》しい庭《にわ》もラプンツェルの畑《はたけ》も消《き》えていた。

今《いま》、宗介《そうすけ》がいるのは、塔《とう》から突《つ》き出《で》た大《おお》きなバルコニーだった。

「ひ、ひえええっ！」

宗介《そうすけ》はか細《ぼそ》い悲鳴《ひめい》をあげてしまった。

塔《とう》はおそろしく高《たか》く、地面《じめん》ははるか下《した》にあった。見《み》るだけで、足《あし》がすくむ光景《こうけい》だ。空気《くうき》は冷《つめ》たく、あっという間《ま》に手足《てあし》がかじかみ、鼻水《はなみず》が出《で》てきた。おまけに風《かぜ》が強《つよ》くて、気《き》を抜《ぬ》くと、体《からだ》がよろけてバルコニーから落《お》ちそうになってしまう。

はうような格好《かっこう》になりながらも、宗介《そうすけ》はここがどこかを理解《りかい》した。たぶん、ラプンツェルが閉《と》じこめられている塔《とう》だ。どうやら、ブックを読《よ》んでいる間《あいだ》に、ずいぶん物語《ものがたり》は進《すす》んでいたようだ。

宗介《そうすけ》はそっとバルコニーの奥《おく》へとはっていき、塔《とう》の中《なか》をのぞいてみた。そこには魔女《まじょ》らしきおばあさんと、10歳《さい》くらいの金髪《きんぱつ》の女《おんな》の子《こ》がいた。

おばあさんはいとしそうに女《おんな》の子《こ》に笑《わら》いかけながら、砂糖菓子《さとうがし》を与《あた》えている。女《おんな》の子《こ》は女《おんな》の子《こ》で、砂糖菓子《さとうがし》を食《た》べながらおばあさんに甘《あま》えている。

どこから見《み》ても、ふたりは幸《しあわ》せそうだった。だが、このままいけば、ラプンツェルは骨《ほね》になってもここから出《で》られない結末《けつまつ》を迎《むか》えることになる。

魔王《まおう》に盗《ぬす》まれたキーパーツはいったいなんなんだと、ふたりの様子《ようす》をうかがいながら宗介《そうすけ》は必死《ひっし》で考《かんが》えた。

そのうち、ふと違和感《いわかん》を覚《おぼ》えた。

「ラプンツェル」の中《なか》で、いちばん有名《ゆうめい》なのは、ラプンツェルがものすごく長《なが》く髪《かみ》を伸《の》ばしていて、塔《とう》の出入《ではい》りをするのにその髪《かみ》が使《つか》われることだったはず。

でも、こうして見《み》ていても、ラプンツェルの髪《かみ》はせいぜい腰《こし》に届《とど》くくらいだ。これからどんどん伸《の》びるのだろうか？

そう思《おも》った時《とき》だ。魔女《まじょ》がこんなことを言《い》うのが聞《き》こえてきた。

「おや、また髪《かみ》が伸《の》びてしまったねえ。切《き》っておこうね。からまったり、ひっかかったりしたら、痛《いた》いだろうから。」

魔女《まじょ》ははさみを取《と》りだし、じょきじょきと、ラプンツェルの髪《かみ》を肩《かた》のところま

で切《き》ってしまった。

「さて、これでいいよ。これなら安全《あんぜん》だ。」

「ありがと、おばあさん。すごく頭《あたま》が軽《かる》くなったわ。」

「そうだろう、そうだろう。さ、お菓子《かし》をお食《た》べ。それとも、果物《くだもの》がいいかい？」

「わたし、お人形遊《にんぎょうあそ》びがしたい。」

「いいともさ。」

ふたりのそんなやりとりに、バルコニーに隠《かく》れている宗介《そうすけ》は、びっくりしてしまった。

「この物語《ものがたり》……ラプンツェルの長《なが》い髪《かみ》が登場《とうじょう》しないんだ。だから、ラプンツェルの塔《とう》には誰《だれ》も出入《ではい》りできないし、『ラプンツェル、ラプンツェル、おまえの髪《かみ》をたらしておくれ。』っていうセリフもない。王子《おうじ》さまも出《で》てこないのは、そういうことなんだ。」

きっとキーパーツは「ラプンツェルの長《なが》い髪《かみ》」だ。そう思《おも》い、宗介《そうすけ》は急《いそ》いでブッ

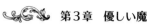

クに書《か》きこもうとした。

だが、すんでのところで思《おも》いとどまった。何《なに》かがひっかかったのだ。

さっきの「ヘンゼルとグレーテル」では、先走《さきばし》って失敗《しっぱい》したことだし、もう一度《いちど》、ブックを読《よ》みながら考《かんが》えてみよう。ラプンツェルがおばあさんになって死《し》んでしまうまで、もうすこし時間《じかん》はあるはずだ。

宗介《そうすけ》はブックをじっくりと読《よ》みなおした。読《よ》めば読《よ》むほど、「ラプンツェルの髪《かみ》」は関係《かんけい》ない気《き》がしてきた。

宗介《そうすけ》は、塔《とう》の中《なか》をふたたびのぞきこんだ。

ラプンツェルはすっかり成長《せいちょう》し、輝《かがや》くように美《うつく》しい乙女《おとめ》になっていた。だが、その顔《かお》は甘《あま》ったれた子《こ》どものままで、まるで大《おお》きな赤《あか》ちゃんのように魔女《まじょ》のそばにひっついている。

「大好《だいす》きよ、おばあさん。どこにも行《い》かないでね。ずっとずっとわたしのそばにいてね。」

「もちろんだよ、かわいいラプンツェルや。でも、ちょっとだけ出《で》かけさせておくれ。食《た》べるものがなくなってしまったから、パンとバターを買《か》いに行《い》ってくるよ。」

「すぐに帰《かえ》ってきてくれる？」

「すぐに帰《かえ》ってくるともさ。リンゴが手《て》に入《はい》ったら、おまえの好《す》きなアップルパイをこしらえてあげようね。」

優《やさ》しく言《い》って、魔女《まじょ》は塔《とう》の部屋《へや》から出《で》ていった。

ひとりになったラプンツェルは、さびしそうな顔《かお》をしながら人形《にんぎょう》を抱《だ》きしめ、

「大丈夫《だいじょうぶ》よ、ラプンツェル。おばあさんはすぐに戻《もど》ってくるわ。いつだってそうなんだから。ちょっと待《ま》つだけ。だから、がまんするのよ。」と、つぶやいている。

まるきり小《ちい》さな女《おんな》の子《こ》みたいだと思《おも》いながら、宗介《そうすけ》は思《おも》いきってバルコニーから部屋《へや》の中《なか》に入《はい》った。

「ラ、ラプンツェル……あの、元気《げんき》？」

宗介《そうすけ》に呼《よ》びかけられたラプンツェルは、目《め》をまん丸《まる》に見開《みひら》き、それから「きゃあ

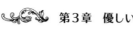

ああっ！」と悲鳴《ひめい》をあげた。

そのあとは本当《ほんとう》に大変《たいへん》だった。パニックを起《お》こし、泣《な》きじゃくるラプンツェルを、宗介《そうすけ》は必死《ひっし》でなだめなくてはならなかったからだ。

「おれ、悪《わる》い人《ひと》じゃないよ。安心《あんしん》して。なんにもしないからさ。」と、何度《なんど》もくり返《かえ》す宗介《そうすけ》に、ラプンツェルはようやく信《しん》じる気《き》になったらしい。しゃっくりをあげながら、小《ちい》さく口《くち》を開《ひら》いた。

「あ、あ、なた、だ、誰《だれ》？」

「おれは宗介《そうすけ》。でも、それはどうでもいいんだ。……ね、ラプンツェル。この塔《とう》の中《なか》は狭《せま》くて退屈《たいくつ》だろ？　……ここから出《で》たいと思《おも》わない？」

「出《で》たい？　なぜ？」

「だって……もしも……あの、もしもだよ？　おばあさんが外《そと》で事故《じこ》とかにあって、長《なが》い間帰《あいだかえ》ってこられなかったら……ああっ！　ちがっ！　だから、あくまでもしもの話《はなし》だってば！　ちょっと想像《そうぞう》してほしいだけ！　だから泣《な》かないでよ！」

「でも、想像《そうぞう》するのもいやよ！　お、おばあさんが事故《じこ》にあうだなんて。なんで、そ、そんなひどいこと言《い》うの？」

「いや、ちょっと考《かんが》えてほしいんだってば。……おばあさんが戻《もど》れなかったら、君《きみ》、ここで死《し》んでしまうだろ？　食《た》べるものもないわけだし。そ、そうならないためにも、いつでも外《そと》に出《で》られるように、方法《ほうほう》を考《かんが》えておいたほうがいいんじゃない？　たとえばさ、えっと、そこのバルコニーに出《で》て、大声《おおごえ》で助《たす》けてって叫《さけ》ぶとか。そうすれば、通《とお》りすがりの王子《おうじ》さまが気《き》づいて、ここに来《き》てくれるかも。」

「知《し》らない人《ひと》に会《あ》うの、こわいわ。」

「それじゃ……そこのベッドのシーツを細《ほそ》く裂《さ》いて、ロープを作《つく》っておくとかはどう？」

「なんでそんなことをしなくちゃいけないの？」

すこしイライラした様子《ようす》で、ラプンツェルは言《い》い返《かえ》してきた。

「宗介《そうすけ》は変《へん》なことばかり言《い》うのね。おばあさんが戻《もど》ってこないはずないでしょ？

わたしのこと、本当《ほんとう》に大事《だいじ》にしてくれているんだから。わたしだって、おばあさんが大好《だいす》き。だから、おばあさんの言《い》いつけを破《やぶ》って、外《そと》に出《で》るなんてこと、絶対《ぜったい》にしないわ！　わたしはずっとここにいるの。それがいちばんの幸《しあわ》せなんだもの。」

「でも、それじゃだめなんだって！」

「何《なに》がだめだって言《い》うの？　ああ、もう帰《かえ》ってよ。出《で》ていって！　おばあさんが戻《もど》ってくる前《まえ》に出《で》ていってよ！」

ついにラプンツェルは癇癪《かんしゃく》を起《お》こし、宗介《そうすけ》をバルコニーへと押《お》しやり、ぴしゃんと窓《まど》を閉《し》めてカギをかけてしまった。

ごていねいにカーテンまで閉《し》められてしまい、宗介《そうすけ》はむかっとして、塔《とう》に背《せ》をむけた。

こっちはラプンツェルのためを思《おも》って、いろいろと言《い》ってあげているのに。なんで魔女《まじょ》の言《い》っていることしか信《しん》じようとしないんだろう？　ああ、バカバカしい。今《いま》のままで幸《しあわ》せだっていうことだし、無理《むり》に助《たす》けようとしなくたっていいんじゃないかな？

そう思《おも》ったところで、宗介《そうすけ》ははっとした。

たとえ、長《なが》い髪《かみ》があったとしても、このラプンツェルは塔《とう》から逃《に》げだしたり、王子《おうじ》さまを好《す》きになったりはしないだろう。このラプンツェルは、魔女《まじょ》のことが本当《ほんとう》に好《す》きだから。

逆《ぎゃく》を言《い》えば、魔女《まじょ》がそれだけたいせつに育《そだ》てているということだ。ラプンツェルがけっして傷《きず》つかないように、本気《ほんき》で守《まも》っている。それはラプンツェルが大人《おとな》になることをさまたげてもいるのだが、魔女《まじょ》は気《き》づいていない。

なぜなら、この魔女《まじょ》は根《ね》っからの善人《ぜんにん》だからだ。

「そうだよ。物語《ものがたり》の最初《さいしょ》がもう違《ちが》うんだ。……本当《ほんとう》なら、魔女《まじょ》は、野菜《やさい》のラプンツェルと引《ひ》き換《か》えに、赤《あか》ちゃんをほしがるんだ。で、生《う》まれてきた子《こ》を夫婦《ふうふ》から取《と》りあげてしまうんだ。」

そういう容赦《ようしゃ》のないところを、昔《むかし》の宗介《そうすけ》は「こわい」と感《かん》じたものだ。

だが、この物語《ものがたり》の魔女《まじょ》にはそれがない。ひたすら優《やさ》しくて愛情《あいじょう》に満《み》ちている。そして、完璧《かんぺき》な幸《しあわ》せな世界《せかい》を、塔《とう》の中《なか》に創《つく》りあげてしまっている。

でも、それでは「ラプンツェル」は成立《せいりつ》しないのだ。

霧《きり》がぱっと晴《は》れるように、宗介《そうすけ》のもやもやしていた気持《きも》ちがすっきりとした。

「そうか。昔《むかし》は、魔女《まじょ》がいい人《ひと》だったらよかったのにって思《おも》ったけど……物語《ものがたり》はいい人《ひと》ばかりじゃおもしろくないんだ……。悪役《あくやく》もいなくちゃだめなんだ。」

宗介《そうすけ》はふたたび塔《とう》のほうをふりかえり、閉《と》じたカーテンのすき間《ま》から中《なか》をのぞきこんだ。

部屋《へや》の中《なか》ではまたしても物語《ものがたり》が進《すす》んでいた。すでに、ラプンツェルはおばあさんとなっていた。つやのない白《しろ》い髪《かみ》、しわくちゃの肌《はだ》。だが、あいかわらず人形《にんぎょう》を抱《だ》きかかえ、甘《あま》ったれた顔《かお》で砂糖菓子《さとうがし》をかじっている。

そのそばには魔女《まじょ》がいて、まめまめしくラプンツェルの爪《つめ》のお手入《てい》れをしてやっていた。魔女自身《まじょじしん》はあまり変《か》わっていなかった。顔《かお》のしわがすこし増《ふ》えた程度《ていど》だ。

きっと、寿命《じゅみょう》が人間《にんげん》よりも長《なが》いのだろう。

おばあさんがおばあさんの世話《せわ》をしている。どちらも幸《しあわ》せそうではあるが、ここには未来《みらい》がない。

これは優《やさ》しい物語《ものがたり》。でも、変化《へんか》もおもしろみもなく、人《ひと》の心《こころ》に残《のこ》らない物語《ものがたり》。

これではだめなんだと、宗介《そうすけ》は改《あらた》めて思《おも》った。だから、ゆっくりとブックに、

「魔女《まじょ》のいじわるさ」と書《か》きこんだ。

今度《こんど》は確信《かくしん》があったが、それでも胸《むね》は早鐘《はやがね》のように打《う》っていた。だから、ぱあっと、ブックが金色《きんいろ》の光《ひかり》を発《はっ》した時《とき》は心底《しんそこ》うれしかった。

「よっしゃ！」

気《き》づけば、あの白《しろ》い空間《くうかん》にいた。二度目《どめ》なので、それほど驚《おどろ》くこともなく、宗介《そうすけ》はすぐさまブックを見《み》た。

物語《ものがたり》はちゃんと書《か》きなおされていた。

いじわるな魔女《まじょ》によって両親《りょうしん》のもとから奪《うば》われ、塔《とう》の中《なか》に閉《と》じこめられて育《そだ》てら

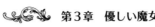

れたラプンツェル。だが、ある日《ひ》、王子《おうじ》さまに出会《であ》い、最後《さいご》は自由《じゆう》の身《み》となって幸《しあわ》せになる。本当《ほんとう》のハッピーエンドだ。

さし絵《え》もあった。ラプンツェルの長《なが》い髪《かみ》を使《つか》って、王子《おうじ》さまが塔《とう》をのぼって、ラプンツェルと出会《であ》うシーンだ。ラプンツェルは王子《おうじ》さまを見《み》て、びっくりした顔《かお》をしているが、どことなくうれしそうでもある。

その表情《ひょうじょう》に、宗介《そうすけ》はほっとした。このラプンツェルは赤《あか》ちゃんのような顔《かお》つきではない。ちゃんと年相応《としそうおう》の乙女《おとめ》に見《み》える。

「これなら王子《おうじ》さまと恋《こい》できるよな。うんうん。やっぱさ、『ラプンツェル』はこうでなくちゃやな！」

息《いき》をついたあと、宗介《そうすけ》は今度《こんど》こそヴィルヘルムが迎《むか》えに来《き》てくれるに違《ちが》いないと、待《ま》った。

が、待《ま》てども待《ま》てども、何《なに》も起《お》こらない。

「まさか……はは、そんなわけないよな。盗《ぬす》まれたキーパーツがまだあるなんて、そんなわけないよ。」

自分《じぶん》に言《い》いきかせながらも、宗介《そうすけ》はおそるおそるブックのページをめくった。

「ラプンツェル」の次《つぎ》のページをだ。

そこにはこんな文章《ぶんしょう》があった。

「昔々《むかしむかし》、３人《にん》の兵隊《へいたい》さんが旅《たび》をしていました。……」と。

第《だい》4章《しょう》

題《だい》名《めい》のない物《もの》語《がたり》

story 4

昔々《むかしむかし》、３人《にん》の兵隊《へいたい》さんが旅《たび》をしていました。３人《にん》はおなかがぺこぺこで、今《いま》にも倒《たお》れそうなほどでした。

そんな時《とき》、小《ちい》さな村《むら》にたどりつきました。村《むら》は見《み》るからに貧《まず》しく、畑《はたけ》や果《か》樹園《じゅえん》には何《なに》ひとつ実《みの》ってはいませんでした。

「でも、すこしくらいは食《た》べものがあるはずだ。ちょっとでいいから、何《なに》か恵《めぐ》んでもらおう。」

そう思《おも》った３人《にん》でしたが、村人《むらびと》たちは、「わたしたちもおなかがすいているんだ。お城《しろ》に住《す》んでいる姫君《ひめぎみ》に、作物《さくもつ》を根《ね》こそぎ奪《うば》われてしまったからね。よそ者《もの》にわけてあげる食《た》べものはないよ。」と、断《ことわ》るばかり。

しかたなく、兵隊《へいたい》さんたちはスープでも作《つく》って食《た》べようと思《おも》いました。兵《へい》隊《たい》さんたちはスープの具《ぐ》として、石《いし》ころを鍋《なべ》に入《い》れました。石《いし》ころだけはたくさんあったからです。

「石《いし》のだしが出《で》て、すこしはうまいかもしれないからな。」

でも、当然《とうぜん》ながら、できあがったのはただのお湯《ゆ》でした。

みじめな気《き》持《も》ちと空《す》きっ腹《ぱら》をかかえて、兵隊《へいたい》さんたちはよろよろと村《むら》から去《さ》っていきました。

短《みじか》い物語《ものがたり》を読《よ》み終《お》わった時《とき》には、宗介《そうすけ》はひどく荒《あ》れはてた村《むら》の中《なか》にいた。何《なに》もかもが色《いろ》あせ、村《むら》の外《そと》に広《ひろ》がる畑《はたけ》の作物《さくもつ》も果樹園《かじゅえん》の木《き》も枯《か》れている。村人《むらびと》たちは力《ちから》なくうなだれ、生気《せいき》のないやせた顔《かお》をしてじっとしている。

空気《くうき》までからからに乾《かわ》いていて、吸《す》いこむと、鼻《はな》やのどの奥《おく》にざらざらとしたい

やな感《かん》じがはりついてきた。

ぞっとしつつ、宗介《そうすけ》はこれはなんの物語《ものがたり》の中《なか》だろうと考《かんが》えた。

「……あ、なんか思《おも》いだしてきた。たしか『石《いし》のスープ』じゃなかったっけ？」

宗介《そうすけ》が好《す》きだった物語《ものがたり》のひとつだ。でも、内容《ないよう》が全然違《ぜんぜんちが》ってしまっている。

本物《ほんもの》の「石《いし》のスープ」では、村人《むらびと》たちは本当《ほんとう》は食《た》べものがあるのに、３人《にん》の兵隊《へいたい》たちに出《だ》してあげないのだ。

それに気《き》づいた兵隊《へいたい》たちは、一計《いっけい》を案《あん》じる。「みなさんはたいへんひもじそうですので、我々《われわれ》が世《よ》にもすばらしい石《いし》のスープをごちそうしましょう。」と言《い》って、石《いし》のスープを作《つく》りだすのだ。そして、「ああ、うまい！　これで野菜《やさい》があればもっとうまくなるのになあ。」とか「これで肉《にく》がすこし入《はい》れば、申《もう》し分《ぶん》ないのに。」などと、これみよがしに言《い》う。

好奇心《こうきしん》をくすぐられた村人《むらびと》たちは、「よかったら、これをスープに使《つか》っておくれ。」と、野菜《やさい》や肉《にく》を出《だ》してくる。

そうして、具《ぐ》だくさんのおいしいスープができあがるのだ。

「で、みんなでスープを食《た》べて、『石《いし》のスープはなんておいしいんだ！』って、村《むら》人《びと》たちが言《い》うんだ。本当《ほんとう》は自分《じぶん》たちがスープの材料《ざいりょう》を出《だ》したわけだけど、そのことには全然《ぜんぜん》気《き》づかないんだ。そうだよ。たしかそういう話《はなし》だったはずだ。」

だが、この村《むら》を見《み》るかぎり、村人《むらびと》たちは本当《ほんとう》に困《こま》っているようだ。食料《しょくりょう》を隠《かく》し持《も》っているようには見《み》えない。

それに、もうひとつ気《き》になることがあった。

今回《こんかい》はブックのどこにも、物語《ものがたり》のタイトルがないのだ。本当《ほんとう》なら「石《いし》のスープ」というタイトルが書《か》いてあるはずなのに。

おかしいなと思《おも》いつつ、宗介《そうすけ》は羽根《はね》ペンを手《て》に持《も》った。

「まあ、今回《こんかい》はすごく簡単《かんたん》だよな。」

要《よう》は、村人《むらびと》たちがちゃんと食《た》べものを持《も》っていればいいのだ。そうなれば、この物語《ものがたり》は本来《ほんらい》の姿《すがた》に戻《もど》れるだろう。

「村人《むらびと》たちの食《た》べもの」と、宗介《そうすけ》はブックに書《か》いた。そして、ぱっと光《ひか》りだしたブックをじっと見《み》て、新《あら》たに浮《う》かんできた文章《ぶんしょう》を読《よ》んでいった。

昔々《むかしむかし》、３人《にん》の兵隊《へいたい》さんが旅《たび》をしていました。３人《にん》はおなかがぺこぺこで、今《いま》にも倒《たお》れそうなほどでした。

そんな時《とき》、小《ちい》さな村《むら》にたどりつきました。村《むら》は緑豊《みどりゆた》かで、畑《はたけ》も果樹園《かじゅえん》もそれはみごとなものでした。

宗介《そうすけ》のまわりの景色《けしき》が変《か》わった。茶色一色《ちゃいろいっしょく》だった畑《はたけ》や果樹園《かじゅえん》は、みずみずしい緑《みどり》豊《ゆた》かなものとなり、色《いろ》とりどりの野菜《やさい》や果物《くだもの》がまさに収穫時《しゅうかくどき》を迎《むか》えようとしている。乾《かわ》いてほこりっぽかった空気《くうき》もしっとりと潤《うる》んだものとなり、心地《ここち》よい風《かぜ》からは草木《くさき》のさわやかな香《かお》りがした。

よしよしと満足《まんぞく》しながら、宗介《そうすけ》は物語《ものがたり》の続《つづ》きを読《よ》みにかかった。

豊《ゆた》かな村《むら》を見《み》て、3人《にん》の兵隊《へいたい》さんたちは喜《よろこ》びました。

「ありがたい。ここで何《なに》か食《た》べものを恵《めぐ》んでもらおう。」

そう思《おも》った3人《にん》でしたが、村人《むらびと》たちは口《くち》をそろえて、「食《た》べものはあげられない。」と言《い》ってきました。

兵隊《へいたい》さんたちは必死《ひっし》でお願《ねが》いしました。

「パン1切《ひとき》れでかまいません。リンゴひとつでもいいです。死《し》にそうなほどおなかがすいているんですよ。」

「だめだ。余分《よぶん》な食《た》べものはいっさいないんだよ。」

「でも、畑《はたけ》には作物《さくもつ》が、果樹園《かじゅえん》には果物《くだもの》がたわわに実《みの》っているじゃありませんか。すこしでいいからわけてくださいよ。」

「悪《わる》いが、この村《むら》でとれる作物《さくもつ》も果物《くだもの》も全部《ぜんぶ》、あるお方《かた》のものなんだ。」

「あるお方《かた》?」

「そうだ。とてもおそろしいお方《かた》だから、わたしたちは絶対《ぜったい》に怒《おこ》らせたくないんだ。もうじき、あのお方《かた》の家来《けらい》、7人《にん》のこびとがやってくる。彼《かれ》らに約《やく》束《そく》した食《た》べものを渡《わた》さないといけない。ちょっとでも少《すく》ないと、あのお方《かた》はすぐに気《き》づいてしまう。……ということで、あんたたち、とっとと村《むら》を出《で》ていっておくれ。」

冷《つめ》たく追《お》いはらわれそうになり、兵隊《へいたい》さんたちは作戦《さくせん》を立《た》てました。

「とりあえず食料《しょくりょう》は持《も》っていそうだ。……ここはひとつ、我々《われわれ》が石《いし》のスープをふるまってやるというのはどうだ？」

「お、いいね。この人《ひと》たちに食料《しょくりょう》を出《だ》させるわけだな？」

「そういうことだ。」

3人《にん》は声《こえ》を大《おお》きくして言《い》いました。

「それじゃ、我々《われわれ》があなたたちをもてなしましょう。世《よ》にも珍《めずら》しい石《いし》のスープをごちそうしますよ。」

兵隊《へいたい》さんたちは鍋《なべ》に水《みず》と石《いし》を入《い》れ、火《ひ》にかけました。そして、ときどき鍋《なべ》の中身《なかみ》を味見《あじみ》しては、「これで野菜《やさい》がすこしあれば、もっとおいしくなるのになあ。」とか「肉《にく》をほんのちょっと入《い》れたら、すばらしい味《あじ》になるだろうに。」とか言《い》ってみせました。

でも、村人《むらびと》たちはそれを黙《だま》って見《み》ているばかり。「野菜《やさい》、すこしならあるよ。」とか「肉《にく》、使《つか》っておくれよ。」と言《い》ってくれる人《ひと》はいませんでした。

思惑《おもわく》が外《はず》れた3人《にん》は、鍋《なべ》いっぱいのお湯《ゆ》をすすり、すごすごと村《むら》を立《た》ち去《さ》るしかありませんでした。

宗介《そうすけ》は混乱《こんらん》のあまり、大声《おおごえ》をあげてしまった。

「なんだよ、これ！　7人《にん》のこびと？　そんなの、出《で》てきた？」

いや、いくらなんでもおかしい。7人《にん》のこびとが登場《とうじょう》するのは、「白雪姫《しらゆきひめ》」のはず。「石《いし》のスープ」にはまったく関係《かんけい》ないはずだ。

そして、もうひとつ……。

宗介《そうすけ》は大事《だいじ》なことを思《おも》いだした。

「そういえば、『石《いし》のスープ』って……『グリム童話集《どうわしゅう》』の中《なか》にはなかった話《はなし》だ。たしかあれは……そうだ！　『世界《せかい》の童話全集《どうわぜんしゅう》』って本《ほん》の中《なか》にあったんだ！　ポルトガルの民話《みんわ》とか書《か》いてあったような……。って、どういうことだよ？　グリム童《どう》話《わ》じゃない話《はなし》が、なんでグリムワールドに？　まさか……ふたつの物語《ものがたり》が入《い》り混《ま》じってるってこと？　だから、この物語《ものがたり》、タイトルがないのか？」

ヴィルヘルムは、物語《ものがたり》がめちゃくちゃになっていると言《い》っていたが、まさか別々《べつべつ》の物語《ものがたり》、それもグリム童話《どうわ》ではない物語《ものがたり》が入《い》り混《ま》じってしまうなんて、思《おも》ってもいなかった。

だが、呆然《ぼうぜん》としたのは一瞬《いっしゅん》で、宗介《そうすけ》はすぐに青《あお》ざめた。

「や、やばい！」

あわててブックの表紙《ひょうし》を見《み》た。

おそれていたとおり、表紙《ひょうし》は黒《くろ》ずみが大《おお》きく広《ひろ》がってしまっていた。もう3分《ぶん》の2が真《ま》っ黒《くろ》だ。宗介《そうすけ》が答《こた》えを間違《まちが》ってしまったせいだ。

またやってしまったと、宗介《そうすけ》は唇《くちびる》をかんだ。よく考《かんが》えもせずに、答《こた》えを書《か》いてしまうなんて、なんてバカだったんだろう。これで2回《かい》しくじった。あと1回《かい》しかチャンスはない。

あせりと恐怖《きょうふ》で、いやな汗《あせ》がじわじわと体《からだ》からしみでてきた。

だが、宗介《そうすけ》が立《た》ちすくんでいる間《あいだ》も、容赦《ようしゃ》なく物語《ものがたり》は進《すす》んでいく。

3人《にん》の兵隊《へいたい》が村《むら》にやってきて、石《いし》のスープを作《つく》りだすのを見《み》て、宗介《そうすけ》はようやく我《われ》に返《かえ》った。

このままではまずい。なんとしても正《ただ》しいキーパーツをつきとめなくては。

まずは情報収集《じょうほうしゅうしゅう》だと、宗介《そうすけ》は村人《むらびと》に話《はなし》を聞《き》くことにした。兵隊《へいたい》たちのスープ作《づく》りを見《み》ている若《わか》い男《おとこ》の人《ひと》に、宗介《そうすけ》はそっと声《こえ》をかけた。

「あ、あの……。」

「なんだ？　君《きみ》もあの兵隊《へいたい》たちの仲間《なかま》なのかい？　悪《わる》いが、食《た》べものはないよ。畑《はたけ》の作物《さくもつ》も果樹園《かじゅえん》の果物《くだもの》も、全部《ぜんぶ》あのお方《かた》のものなんだからね。」

「ち、違《ちが》います。食《た》べものがほしいんじゃなくて、ちょっと教《おし》えてもらいたくて。あの……あのお方《かた》って、もしかして白雪姫《しらゆきひめ》のことですか？」

「そうだ。骨《ほね》のように白《しろ》く、闇《やみ》のように黒《くろ》く、血《ち》のように赤《あか》い白雪姫《しらゆきひめ》さまのことだ。君《きみ》もわかるだろう？　我々《われわれ》は絶対《ぜったい》に白雪姫《しらゆきひめ》さまを怒《おこ》らせるわけにはいかないんだよ。あ、あんなおそろしい魔女《まじょ》に目《め》をつけられたら、こんな小《ちい》さな村《むら》はひとたまりもない。」

「魔女《まじょ》？　し、白雪姫《しらゆきひめ》が？」

なんの冗談《じょうだん》だと、宗介《そうすけ》は目《め》を丸《まる》くした。

魔女《まじょ》だったのは、白雪姫《しらゆきひめ》の継母《ままはは》、悪《わる》い女王《じょおう》のはずなのだ。

自分《じぶん》の美《うつく》しさがご自慢《じまん》で、魔法《まほう》の鏡《かがみ》の前《まえ》に立《た》っては、「鏡《かがみ》よ鏡《かがみ》、魔法《まほう》の鏡《かがみ》、この世《よ》でいちばん美《うつく》しいのは誰《だれ》？」と問《と》いかけていた女王《じょおう》。そのたびに鏡《かがみ》は「いちばん美《うつく》しいのは、あなたです。」と答《こた》えていた。が、ある日《ひ》、「いちばん美《うつく》しいのは、あなたの義理《ぎり》の娘《むすめ》の白雪姫《しらゆきひめ》です。」と言《い》う。女王《じょおう》は怒《いか》りくるい、白雪姫《しらゆきひめ》の命《いのち》をねらう。いったんは7人《にん》のこびとたちの家《いえ》に避難《ひなん》した白雪姫《しらゆきひめ》だったが、女王《じょおう》は執念深《しゅうねんぶか》く、ついに毒《どく》リンゴを使《つか》って白雪姫《しらゆきひめ》を殺《ころ》そうとするのだ。

それが「白雪姫《しらゆきひめ》」の物語《ものがたり》のはずなのに。

そして当然《とうぜん》ながら、「石《いし》のスープ」と「白雪姫《しらゆきひめ》」は、全然違《ぜんぜんちが》う物語《ものがたり》だ。重《かさ》なりあうはずがない。

ぽかんとした顔《かお》をする宗介《そうすけ》に、村人《むらびと》は不思議《ふしぎ》そうに言葉《ことば》を続《つづ》けた。

「何《なに》をそんなに驚《おどろ》いているんだい？　白雪姫《しらゆきひめ》さまが継母《ままはは》の女王《じょおう》からみっちり魔法《まほう》を教《おし》えこまれたことは、有名《ゆうめい》な話《はなし》じゃないか。」

「継母《ままはは》から？　魔法《まほう》を？」

「そうともさ。女王《じょおう》は白雪姫《しらゆきひめ》さまを本当《ほんとう》の娘《むすめ》のようにかわいがり、自分《じぶん》の知《し》っているすべてを教《おし》え、持《も》っているすべてを与《あた》えてしまったんだ。その中《なか》に、邪悪《じゃあく》な魔法《まほう》の鏡《かがみ》もあった。」

「……もしかして、『鏡《かがみ》よ鏡《かがみ》……』って呼《よ》びかけると、返事《へんじ》をしてくるやつ？」

「そう。まさにそれだ。」

男《おとこ》の人《ひと》が話《はな》してくれたのは、宗介《そうすけ》が知《し》っている「白雪姫《しらゆきひめ》」とは似《に》ても似《に》つかぬ物語《ものがたり》だった。

継母《ままはは》にかわいがられ、魔女《まじょ》としての英才教育《えいさいきょういく》を受《う》けた白雪姫《しらゆきひめ》は、女王《じょおう》の邪悪《じゃあく》な魂《たましい》さえも受《う》け継《つ》いだ。そして、魔法《まほう》の鏡《かがみ》によって、その性格《せいかく》はさらにゆがんだものとなった。「自分《じぶん》はこの世《よ》の誰《だれ》よりも美《うつく》しい。」と思《おも》いこまされてしまったのだ。

誰《だれ》よりも美《うつく》しいのなら、どんなことをしても許《ゆる》されるはず。

白雪姫《しらゆきひめ》は思《おも》うままに魔法《まほう》をふるい、人々《ひとびと》の恐怖《きょうふ》の対象《たいしょう》となっていった。今《いま》では、7人《にん》のこびとを奴隷《どれい》としてあやつり、人々《ひとびと》から食《た》べものや宝石《ほうせき》を取《と》りあげて、好《す》き勝手《かって》に暮《く》らしているのだという。

絶句《ぜっく》している宗介《そうすけ》に、村人《むらびと》は青《あお》ざめた顔《かお》で言葉《ことば》を続《つづ》けた。

「もうすぐ7人《にん》のこびとがここに来《く》る。捧《ささ》げものを取《と》りにね。」

「こびと……。」

「そう。彼《かれ》らも気《き》の毒《どく》だよ。魔法《まほう》で魂《たましい》を抜《ぬ》かれて、白雪姫《しらゆきひめ》さまの言《い》いなりとなっているんだからね。……とにかく、約束《やくそく》した食《た》べものをきっちり渡《わた》さないと、白雪《しらゆき》姫《ひめ》さまは毒《どく》の魔法《まほう》を使《つか》って、この村《むら》の畑《はたけ》をだめにしてしまうだろう。そうなったら、それこそ全員《ぜんいん》飢《う》え死《じ》にしてしまう。」

だから、わずかな食料《しょくりょう》もわけるわけにはいかないいんだと、村人《むらびと》はくり返《かえ》し言《い》った。

なんてこったと、宗介《そうすけ》は頭《あたま》をかかえた。

本当《ほんとう》に物語《ものがたり》が入《い》り混《ま》じってしまっている。それに、どうやら問題《もんだい》は「石《いし》のスープ」ではなく、「白雪姫《しらゆきひめ》」のほうにありそうだ。

「盗《ぬす》まれたキーパーツは、『白雪姫《しらゆきひめ》』のものだったのかも……。あせって答《こた》えを書《か》くんじゃなかったなあ。」

泣《な》きたくなるほど後悔《こうかい》している宗介《そうすけ》の前《まえ》で、石《いし》のスープ作《づく》りに失敗《しっぱい》した兵隊《へいたい》たちが村《むら》をすごすごと去《さ》っていった。

それからほどなく、7人《にん》のこびとがやってきた。背丈《せたけ》こそ小《ちい》さいが、体《からだ》は筋肉《きんにく》で盛《も》りあがり、いかにも力《ちから》が強《つよ》そうだ。汚《よご》れた長《なが》いひげとうつろな目《め》をしており、手《て》首《くび》と首《くび》に悪趣味《あくしゅみ》な棘《とげ》だらけの輪《わ》をはめている。そして全員《ぜんいん》がおそろしげな斧《おの》やハンマーで武装《ぶそう》していた。

先頭《せんとう》のこびとがひび割《わ》れた声《こえ》を発《はっ》した。

「世《よ》にも美《うつく》しき白雪姫《しらゆきひめ》さまへの捧《ささ》げものを受《う》けとりに来《き》た。用意《ようい》してあるだろうな？」

「はい。もちろんでございます。」

村人《むらびと》たちはへりくだりながら、こびとたちを倉庫《そうこ》へと案内《あんない》した。

そこには食《た》べものがどっさりあった。大《おお》きなかごには野菜《やさい》が、樽《たる》にはリンゴがつめこまれ、ベーコンやハムやチーズのかたまりも山《やま》のようにある。

これだけあるなら、すこしくらい兵隊《へいたい》たちにわけてやればよかったのにと、宗介《そうすけ》は思《おも》った。

と、眼鏡《めがね》をかけたこびとが前《まえ》に出《で》てきて、倉庫《そうこ》の中《なか》をざっと見回《みまわ》した。

「リンゴ7樽《ななたる》、ジャガイモ7袋《ななふくろ》、小麦粉《こむぎこ》7袋《ななふくろ》、ほうれん草《そう》とキャベツがかご7つ分《ぶん》。ベーコンとハムとチーズが7つずつ。大麦《おおむぎ》パンと黒《くろ》パンも7個《なな こ》ずつ。それにワイン7本《ななほん》。白雪姫《しらゆきひめ》さまのご所望《しょもう》どおり。だが……はちみつは？　6壺《ろくつぼ》しかないが、どういうことだ？」

こびとの言葉《ことば》に、村長《そんちょう》らしき老人《ろうじん》がしどろもどろになって言《い》った。

「も、申《もう》し訳《わけ》ございません。でも、はちみつはこの村《むら》では作《つく》っていないものでして。急《いそ》いであちこちから買《か》い集《あつ》めたのですが、6壺分《ろくつぼぶん》しか用意《ようい》できませんでした。で、ですが、そのかわり、砂糖《さとう》の大袋《おおぶくろ》を用意《ようい》しました。こ、これで何《なに》とぞご勘弁《かんべん》を！」

「ならん。」

7人《にん》のこびとたちはいっせいに首《くび》を横《よこ》にふった。

「白雪姫《しらゆきひめ》さまの願《ねが》いは必《かなら》ず正確《せいかく》にかなえられなければならない。はちみつは7壺《ななつぼ》。それ以上《いじょう》でもそれ以下《いか》でもあってはならない。……約束破《やくそくやぶ》りには毒《どく》の罰《ばつ》を。」

「ひえええええっ！　ど、どうかお情《なさ》けを！　お許《ゆる》しください！　そ、それだけはおやめを！」

村人《むらびと》たちは口々《くちぐち》に叫《さけ》び、地面《じめん》にはいつくばって許《ゆる》しをこうた。

だが、魂《たましい》を抜《ぬ》かれたこびとたちは、まるで哀《あわ》れみを持《も》たなかった。容赦《ようしゃ》なく村人《むらびと》たちを突《つ》き飛《と》ばし、ずんずんと果樹園《かじゅえん》へと向《む》かっていったのだ。

と、こびとたちの持《も》っている武器《ぶき》に変化《へんか》が起《お》きた。斧《おの》やハンマーの先《さき》がどす黒《ぐろ》い紫色《むらさきいろ》に染《そ》まったのだ。

色変《いろが》わりした武器《ぶき》を、こびとたちは果樹園《かじゅえん》の木々《きぎ》に叩《たた》きつけていった。どんと、なんとも言《い》えないおそろしい音《おと》がした。

宗介《そうすけ》は息《いき》をのんだ。斧《おの》やハンマーが食《く》いこんだ木《き》がみるみる枯《か》れて、しぼみだしたではないか。

木《き》だけではない。足下《あしもと》の草《くさ》も枯《か》れていき、黒《くろ》ずんだ地面《じめん》がむき出《だ》しになっていく。

毒《どく》だと、宗介《そうすけ》は理解《りかい》した。

強烈《きょうれつ》な毒《どく》が打《う》ちこまれ、土地《とち》が死《し》んでいっているのだ。

大事《だいじ》な果樹園《かじゅえん》の半分《はんぶん》を台《だい》なしにされ、村人《むらびと》たちはもう泣《な》きじゃくっていた。

だが、こびとたちは無表情《むひょうじょう》のまま、今度《こんど》は畑《はたけ》へと向《む》かいだした。こびとたちのやろうとしていることに気《き》づき、村人《むらびと》たちは悲鳴《ひめい》をあげた。

「畑《はたけ》だけは！　は、畑《はたけ》だけはご勘弁《かんべん》を！　冬《ふゆ》を越《こ》せなくなってしまいます！　今《いま》ある食料《しょくりょう》を全部差《ぜんぶさ》しあげますから！」

だが、こびとたちが足《あし》を止《と》めることはなかった。

そして、畑《はたけ》でも同《おな》じことが行《おこな》われた。

畑《はたけ》の半分《はんぶん》をだめにしたあと、こびとたちは死人《しにん》のような顔《かお》となっている村人《むらびと》たちに言《い》いわたした。

「次《つぎ》に約束《やくそく》を破《やぶ》れば、残《のこ》りの果樹園《かじゅえん》と畑《はたけ》を全滅《ぜんめつ》させる。麗《うるわ》しき白雪姫《しらゆきひめ》さまの慈悲深《じひぶか》さに感謝《かんしゃ》して、今後《こんご》は気《き》をつけるがいい。」

そう言《い》って、こびとたちは大量《たいりょう》の捧《ささ》げものをひょいひょいと肩《かた》にかつぎあげた。捧《ささ》げものを持《も》って、白雪姫《しらゆきひめ》のもとへ戻《もど》るつもりなのだろう。

宗介《そうすけ》ははらわたが煮《に》えくりかえりそうなほどの怒《いか》りを覚《おぼ》えた。胸《むな》くそ悪《わる》いにもほどがある。一体全体《いったいぜんたい》、どうしたらこんな残酷《ざんこく》な話《はなし》になってしまうんだ。ああ、がまんできない。こうなったら、こびとたちについていって、白雪《しらゆき》姫《ひめ》とやらをこの目《め》で見《み》てやろう。白雪姫《しらゆきひめ》を見《み》れば、盗《ぬす》まれたキーパーツが何《なに》か、わかるかもしれない。

「それに……『白雪姫《しらゆきひめ》』を修復《しゅうふく》できれば、『石《いし》のスープ』のほうも自然《しぜん》と元《もと》どおりになって、本来《ほんらい》あるべき本《ほん》の中《なか》に戻《もど》るかも。もうこんなはちゃめちゃな物語《ものがたり》はたくさんだよ。……それにしても、魔王《まおう》グライモンだっけ？　なんでキーパーツを盗《ぬす》んだんだろう？　物語《ものがたり》を壊《こわ》して、何《なに》がしたいんだろ？」

首《くび》をかしげながら、宗介《そうすけ》はこびとたちのあとをつけはじめた。

山《やま》のような荷物《にもつ》をものともせず、７人《にん》のこびとたちはどんどん道《みち》を歩《ある》いていき、やがて大《おお》きな城《しろ》へとたどりついた。

城《しろ》はそれはそれは豪華《ごうか》なものだった。どこもかしこも、宝石《ほうせき》をちりばめた品々《しなじな》や、高《たか》そうなじゅうたんや置物《おきもの》、そしてお菓子《かし》であふれんばかり。だが、まるで廃墟《はいきょ》のように人気《ひとけ》がなく、静《しず》まりかえっていた。

「お城《しろ》なら……もっと家来《けらい》とか騎士《きし》とかがいてもいいはずなのに。」

だが、人《ひと》がいないほうが、宗介《そうすけ》には都合《つごう》がよかった。おかげで、誰《だれ》にも見《み》とがめられることなく城《しろ》に入《はい》れたからだ。

こびとたちのあとについて、長《なが》い廊下《ろうか》を歩《ある》いていくと、やがて音《おと》が聞《き》こえてきた。

べちゃべちゃ。ぴちゃぴちゃ。がぶり。ごくり。

なんとも不愉快《ふゆかい》な音《おと》だった。飢《う》えた獣《けもの》が盛大《せいだい》に肉《にく》にかぶりついているような音《おと》だ。まさかと、宗介《そうすけ》はいやな予感《よかん》にかられた。

やがて、こびとたちは大《おお》きな広間《ひろま》に入《はい》った。

扉《とびら》の陰《かげ》に身《み》を隠《かく》し、宗介《そうすけ》はそっと広間《ひろま》をのぞきこんだ。

奥《おく》にはルビーをびっしりはめこんだ玉座《ぎょくざ》があり、その上《うえ》には大《おお》きな女《おんな》の人《ひと》がそっくりかえっていた。輝《かがや》くようなドレスをまとい、頭《あたま》にはきらめく王冠《おうかん》をのせ、玉座《ぎょくざ》の両脇《りょうわき》に積《つ》みあげてあるごちそうを手《て》でつかんでは口《くち》に放《ほう》りこみ、休《やす》むことなく食《た》べつづけている。

べちゃべちゃ。ぴちゃぴちゃ。がぶり。ごくり。

さっきから聞《き》こえていた音《おと》の正体《しょうたい》は、これだったのだ。

意地《いじ》きたない食《た》べ方《かた》に、宗介《そうすけ》はげんなりした。お母《かあ》さんが「音《おと》を立《た》てずに食《た》べなさい。」って言《い》っている意味《いみ》がよくわかった。今《いま》までは「うるさいなあ。べつにいいじゃん。」と思《おも》っていたけれど、今度《こんど》からもっと気《き》をつけよう。あんなみっともない姿《すがた》には絶対《ぜったい》になりたくない。

宗介《そうすけ》が自分《じぶん》をいましめている間《あいだ》に、7人《にん》のこびとたちは玉座《ぎょくざ》の前《まえ》にひざまずき、声《こえ》をそろえて言《い》った。

「いとも美《うつく》しき白雪姫《しらゆきひめ》さま。我《われ》ら7人《にん》、戻《もど》りましてございます。」

ああ、やっぱりあれが白雪姫《しらゆきひめ》なのか！

もうわかっていたことではあったが、宗介《そうすけ》はかなりがっかりした。

「あ、あれが……白雪姫《しらゆきひめ》かぁ……。」

昔《むかし》はきれいなお姫《ひめ》さまを想像《そうぞう》して、胸《むね》をどきどきさせたことだってあったというのに。

絶望《ぜつぼう》すら覚《おぼ》えながら、宗介《そうすけ》は改《あらた》めて玉座《ぎょくざ》の上《うえ》の女《おんな》の人《ひと》を見《み》た。

もともとは美《うつく》しい顔立《かおだ》ちなのだろうが、暴飲暴食《ぼういんぼうしょく》をくり返《かえ》しているせいで、ぶくぶくにふくれあがり、まるで巨大《きょだい》な雪《ゆき》だるまのようになってしまっている。

日《ひ》に当《あ》たっていない肌《はだ》は白《しろ》すぎて、不健康《ふけんこう》そのもの。おまけに、吹《ふ》き出物《でもの》だらけだ。

黒《くろ》い髪《かみ》もあぶらでぎとぎとしている。

真《ま》っ赤《か》な唇《くちびる》は、まるで血《ち》でもすすったかのよう。

まさに、「骨《ほね》のように白《しろ》く、闇《やみ》のように黒《くろ》く、血《ち》のように赤《あか》い」と言《い》いあらわすのがぴったりだ。

この白雪姫《しらゆきひめ》が相手《あいて》では、どんな王子《おうじ》さまもキスなどしてくれないだろうなと、宗《そう》介《すけ》は思《おも》った。

それに、その目《め》の冷《ひ》ややかなことと言《い》ったら。これは相当《そうとう》、性格《せいかく》がゆがんでいそうだ。

はたして、白雪姫《しらゆきひめ》はゴミでも見《み》るような目《め》つきで、じろりと7人《にん》のこびとたちを見下《みお》ろした。

「遅《おそ》かったじゃないの。それで、ちゃんと捧《ささ》げものは集《あつ》めてきたんでしょうね？」

声《こえ》だけは美《うつく》しかった。が、そこに宿《やど》るのはぞくりとするような冷酷《れいこく》さだ。

宗介《そうすけ》は思《おも》わず身《み》を縮《ちぢ》めたが、魂《たましい》のないこびとたちは無表情《むひょうじょう》だった。淡々《たんたん》と、村《むら》での出来事《できごと》を報告《ほうこく》する。

報告《ほうこく》を聞《き》き、白雪姫《しらゆきひめ》はいまいましげに口《くち》をひんまげた。

「はちみつは7壺《ななつぼ》と言《い》ったのに！　たった6壺《ろくつぼ》しか用意《ようい》できなかったですって？　許《ゆる》せないわ！　おまえたち、今《いま》すぐ村《むら》に取《と》って返《かえ》して、残《のこ》りの果樹園《かじゅえん》と畑《はたけ》をだめにしておいで！　そいつら、みんな飢《う》え死《じ》にしてしまえばいい。この白雪姫《しらゆきひめ》に逆《さか》らったらどうなるか、世《よ》の中《なか》の愚民《ぐみん》どもに知《し》らしめてやらなくては！　ほかの村《むら》への見《み》せしめにもなるから、ちょうどいいわ！」

白雪姫《しらゆきひめ》の言葉《ことば》を受《う》け、7人《にん》のこびとたちはのっそりと広間《ひろま》から出《で》ていった。このまま、あの村《むら》に戻《もど》って、白雪姫《しらゆきひめ》の命令《めいれい》を実行《じっこう》するのだろう。

村人《むらびと》たちに心《こころ》から同情《どうじょう》しつつ、宗介《そうすけ》はこびとたちにはついていかず、白雪姫《しらゆきひめ》を観《かん》察《さつ》することにした。

白雪姫《しらゆきひめ》は不機嫌《ふきげん》そうな顔《かお》をしたまま、「ああ、不愉快《ふゆかい》だわ。こういう気分《きぶん》が悪《わる》い時《とき》は、ケーキを食《た》べなくては。」と、大《おお》きなケーキを口《くち》の中《なか》に押《お》しこみだした。底《そこ》なしの胃袋《いぶくろ》を持《も》っているようだ。

貪欲《どんよく》で、冷酷《れいこく》で、情《なさ》け容赦《ようしゃ》のない白雪姫《しらゆきひめ》。本来《ほんらい》あるべき姿《すがた》とは、まるでかけ離《はな》れてしまっていて、見《み》ていて気《き》の毒《どく》になるほどだ。

「……この『白雪姫《しらゆきひめ》』はどんな終《お》わり方《かた》をするんだろ？」

無性《むしょう》に気《き》になり、宗介《そうすけ》はブックを開《ひら》いた。3人《にん》の兵隊《へいたい》たちが立《た》ち去《さ》ったあとのところから読《よ》みはじめた。

思惑《おもわく》が外《はず》れた3人《にん》は、鍋《なべ》いっぱいのお湯《ゆ》をすすり、すごすごと村《むら》を立《た》ち去《さ》るしかありませんでした。

それからほどなく、7人《にん》のこびとたちが村《むら》にやってきました。

「世《よ》にも美《うつく》しき白雪姫《しらゆきひめ》さまへの捧《ささ》げものを受《う》け取《と》りに来《き》た。用意《ようい》してあるだろうな？」

村人《むらびと》たちは「はい。もちろんでございます。」と答《こた》え、こびとたちを捧《ささ》げもののところに案内《あんない》しました。でも、捧《ささ》げものは不完全《ふかんぜん》でした。はちみつの壺《つぼ》がひとつ、足《た》りなかったのです。

こびとたちは一目《ひとめ》でそれを見抜《みぬ》き、村人《むらびと》たちに罰《ばつ》を与《あた》えました。果樹園《かじゅえん》と畑《はたけ》の半分《はんぶん》に毒《どく》を打《う》ちこみ、だめにしたのです。

そのあと、こびとたちは城《しろ》にいる白雪姫《しらゆきひめ》のもとへ捧《ささ》げものを運《はこ》んでいきました。

白雪姫《しらゆきひめ》は、村人《むらびと》たちの失敗《しっぱい》にとても怒《おこ》りました。自分《じぶん》の望《のぞ》みがかなえられないなど、がまんならないことだったからです。残《のこ》りの果樹園《かじゅえん》と畑《はたけ》もだめにしてこいと、こびとたちに命《めい》じました。

そのあとも、怒《いか》りはなかなかおさまりませんでした。虫歯《むしば》は絶《た》え間《ま》なく痛《いた》むし、激《はげ》しい空腹感《くうふくかん》はつのる一方《いっぽう》。何《なに》より不満《ふまん》なのは、いまだにハンサムな王子《おうじ》さまが自分《じぶん》のところにプロポーズに来《こ》ないことでした。

「わたしはこの世《よ》の誰《だれ》よりも美《うつく》しいのに。なんで、誰《だれ》も来《こ》ないのよ！　召《め》し使《つか》いたちも、城《しろ》からどんどん出《で》ていってしまって、不自由《ふじゆう》することが多《おお》くて、かなわないわ。……いいわ。次《つぎ》に誰《だれ》か見《み》つけたら、また7人《にん》のこびとたちのように魔法《まほう》で魂《たましい》を抜《ぬ》きとってしまおう。女《おんな》だったら召《め》し使《つか》いにして、男《おとこ》だったら……顔《かお》に魔法《まほう》をかけて、わたしの理想《りそう》の顔《かお》にしてしまおう。そうよ。わたしは力《ちから》があるのだもの。王子《おうじ》さまは自分《じぶん》で作《つく》ればいいのよ。」

そう決《き》めたあとのことです。白雪姫《しらゆきひめ》は、広間《ひろま》の扉《とびら》のむこうに誰《だれ》かが隠《かく》れていることに気《き》づきました。

それは男《おとこ》の子《こ》でした。見慣《みな》れぬ服《ふく》を着《き》て、一心不乱《いっしんふらん》に本《ほん》を読《よ》んでいます。しめたと、白雪姫《しらゆきひめ》はほくそえみました。

「ちょうどいいわ。ちょっと若《わか》すぎるけど、10年《ねん》もすれば結婚《けっこん》できるでしょう。そのくらいは待《ま》ってやるわよ。さあ、ぼうや。こっちにおいで。」

白雪姫《しらゆきひめ》が手招《てまね》きしたとたん、男《おとこ》の子《こ》の体《からだ》が浮《う》きあがり、玉座《ぎょくざ》のほうへと運《はこ》ばれてきました。

悲鳴《ひめい》をあげる男の子《おとこのこ》に、白雪姫《しらゆきひめ》は高笑《たかわら》いしながら魔法《まほう》をかけました。

そして10年後《ねんご》、白雪姫《しらゆきひめ》は盛大《せいだい》な結婚式《けっこんしき》をあげました。花《はな》むこは若《わか》い青年《せいねん》で、とてもハンサムではありましたが、魂《たましい》のないうつろな目《め》をしていたということです。

おしまい。


読《よ》み終《お》わった時《とき》、宗介《そうすけ》は真《ま》っ青《さお》になっていた。だらだらと冷《ひ》や汗《あせ》がしたたり、ふるえが止《と》まらない。

「この男《おとこ》の子《こ》って……ま、まさかおれ？」

なんで自分《じぶん》が本《ほん》の中《なか》に？　おまけに、白雪姫《しらゆきひめ》の花《はな》むこ？　冗談《じょうだん》じゃない！　こんな物語《ものがたり》、最悪《さいあく》だ。今《いま》すぐ書《か》きなおさないと。いや、まずはここから逃《に》げるほうが先《さき》だ。逃《に》げて、それからじっくりキーパーツのことを考《かんが》えればいい。

だが、駆《か》けだそうとしたまさにその時《とき》、見《み》えない手《て》で体《からだ》をわしづかみにされるのを感《かん》じた。

「ぎゃあああっ！」

悲鳴《ひめい》をあげたが、もう遅《おそ》い。

宗介《そうすけ》はなすすべもなく白雪姫《しらゆきひめ》の前《まえ》に引《ひ》っぱりだされてしまった。

間近《まぢか》で見《み》る白雪姫《しらゆきひめ》は、ますますみにくく、不潔《ふけつ》で、性悪《しょうわる》そうだった。

これがおれの未来《みらい》の花嫁《はなよめ》？

あまりにおそろしくて、宗介《そうすけ》は冗談《じょうだん》抜《ぬ》きで気《き》が遠《とお》くなりかけた。

そんな宗介《そうすけ》を、白雪姫《しらゆきひめ》はしげしげとながめてきた。

「小《ちい》さくて、ひ弱《よわ》そうね。でもまあ、10年《ねん》もすれば、背《せ》も高《たか》くなるだろうし。顔《かお》は魔法《まほう》で作《つく》りかえてしまうから、問題《もんだい》ないし。……いいわ。ぼうやに決《き》めた。」

にたりと、白雪姫《しらゆきひめ》が甘《あま》ったるい笑《え》みを浮《う》かべた。

「光栄《こうえい》に思《おも》いなさいよ。世界一《せかいいち》の美女《びじょ》と、あんたは結婚《けっこん》できるんだから。」

「や、やだ。け、け、結婚《けっこん》なんか、し、したくない！」

「あらぁ、まだほんの子《こ》どもなのね。自分《じぶん》の幸運《こううん》がわからないだなんて。結婚式《けっこんしき》の日《ひ》になれば、国《くに》じゅうの人間《にんげん》があんたに嫉妬《しっと》するでしょうよ。」

嫉妬《しっと》。

その言葉《ことば》が、宗介《そうすけ》の頭《あたま》の中《なか》に雷鳴《らいめい》のようにとどろいた。

そういえば、宗介《そうすけ》が最初《さいしょ》に「嫉妬《しっと》」という言葉《ことば》を覚《おぼ》えたのは、「白雪姫《しらゆきひめ》」でだった。「白雪姫《しらゆきひめ》」の絵本《えほん》を読《よ》んでもらっている時《とき》、すごく不思議《ふしぎ》に思《おも》って、お母《かあ》さんに聞《き》いたのだ。

「ねえねえ、なんでこの女王《じょおう》さまは白雪姫《しらゆきひめ》を殺《ころ》そうとするの？　鏡《かがみ》は、白雪姫《しらゆきひめ》のほうがきれいって言《い》っただけなのに。なんでこんなに怒《おこ》ってるの？」

不思議《ふしぎ》がる宗介《そうすけ》に、お母《かあ》さんはていねいに答《こた》えてくれた。

「それはね、自分《じぶん》よりきれいな白雪姫《しらゆきひめ》に嫉妬《しっと》しているからよ。」

「嫉妬《しっと》？」

「誰《だれ》かをうらやましいと思《おも》う気持《きも》ち。女王《じょおう》さまは自分《じぶん》がいちばん美《うつく》しくないといやなのよ。だから、白雪姫《しらゆきひめ》のことがうらやましくて、許《ゆる》せないの。」

「へえ、嫉妬《しっと》ってこわいねえ。白雪姫《しらゆきひめ》のこと、ちゃんとかわいいって思《おも》えたらよかったのにね。」

幼《おさな》い宗介《そうすけ》は本気《ほんき》でそう思《おも》った。

そして、願《ねが》ったとおりの物語《ものがたり》が、今《いま》まさにここに展開《てんかい》しているわけだ。

この世界《せかい》では、女王《じょおう》は嫉妬《しっと》するどころか、白雪姫《しらゆきひめ》をわが子《こ》のようにかわいがり、魔法《まほう》を教《おし》えた。こんなおそろしい白雪姫《しらゆきひめ》ができあがったのは、そのせいだ。

嫉妬《しっと》。そう、嫉妬《しっと》だ。この物語《ものがたり》に欠《か》けてしまっているもの。ああ、手《て》がすこしでも動《うご》かせたら、今《いま》すぐブックに「継母《ままはは》の嫉妬《しっと》」と書《か》くのに！

だが、体《からだ》は見《み》えない手《て》でがっちりとつかまれてしまって、指一本動《ゆびいっぽんうご》かせない。動《うご》かせたとしても、何《なに》もできなかっただろう。つかまった時《とき》にブックを落《お》としてしまったのだ。

ひぐひぐと、しゃくり声《ごえ》をあげている宗介《そうすけ》の前《まえ》で、白雪姫《しらゆきひめ》が白《しろ》い手《て》をかざした。と、その指先《ゆびさき》がどす黒《ぐろ》くなり、じわりと、黒《くろ》ずんだ紫色《むらさきいろ》のしずくがしたたった。空中《くうちゅう》で、しずくは見《み》る間《ま》に形《かたち》を変《か》え、大《おお》きな赤《あか》いリンゴとなる。

それをつかみとると、白雪姫《しらゆきひめ》は猫《ねこ》なで声《ごえ》で差《さ》しだしてきた。

「さあ、いい子《こ》ねえ。これを食《た》べなさい。」

宗介《そうすけ》は身《み》をのけぞらせ、リンゴから遠《とお》ざかろうとした。

これを食《た》べたら、きっと魂《たましい》が取《と》られてしまう。そんなの、絶対《ぜったい》にごめんだ。

「どうしたの？　甘《あま》くておいしいリンゴよ？　食《た》べなさいったら。」

「やだやだやだ！　助《たす》けてー！」

「うるさい子《こ》ねえ。……まあ、許《ゆる》してあげるわ。すぐに叫《さけ》び声《ごえ》なんかあげられなくなるだろうから。さあ、食《た》べて。食《た》べるのよ！」

無理《むり》やりリンゴを顔《かお》に押《お》しつけられ、宗介《そうすけ》は必死《ひっし》で歯《は》を食《く》いしばった。

絶対《ぜったい》に絶対《ぜったい》に食《た》べないぞ。食《た》べたら、一巻《いっかん》の終《お》わりなんだから。

だが、白雪姫《しらゆきひめ》はぐいぐいリンゴを押《お》しつけてくる。鼻《はな》と口《くち》をふさがれて、すぐに息《いき》ができなくなった。

もうがまんできないと、思《おも》わず口《くち》を開《あ》けそうになった時《とき》だ。

ふいに、白雪姫《しらゆきひめ》がげらげらと笑《わら》いだした。身《み》をよじって笑《わら》ったため、その手《て》からリンゴが転《ころ》がり落《お》ちる。

宗介《そうすけ》は目《め》を見張《みは》った。

ヴィルヘルム・グリムがいた。白雪姫《しらゆきひめ》の巨体《きょたい》のうしろに回《まわ》りこんで、その脇腹《わきばら》をこちょこちょとくすぐっているではないか。

やっと来《き》てくれたのかと、宗介《そうすけ》は涙《なみだ》が出《で》そうになった。

これで大丈夫《だいじょうぶ》だ。ヴィルヘルムなら、白雪姫《しらゆきひめ》だって簡単《かんたん》に倒《たお》せるだろう。

「いいぞ！」と、宗介《そうすけ》は叫《さけ》んだ。

「ヴィルヘルム！　そいつ、やっつけちゃって！」

「無理《むり》だ！」

「へ？」

「ストーリーマスターが物語《ものがたり》の登場人物《とうじょうじんぶつ》を傷《きず》つけるのは禁《きん》じられているんだ！」

「それじゃ全然《ぜんぜん》だめじゃん！　役《やく》に立《た》たないじゃん！」

「失礼《しつれい》だな！　ちゃんと君《きみ》の危機《きき》を救《すく》っただろ？　それに、うげっ、傷《きず》つけることはできなくても、くすぐるくらいは許《ゆる》される。ほら、ぼくがこうして時間《じかん》をかせいでおくから、君《きみ》は早《はや》くブックに答《こた》えを！　ぐえっ！　は、早《はや》く！」

暴《あば》れる白雪姫《しらゆきひめ》のこぶしを何度《なんど》もあごや腹《はら》に食《く》らい、顔《かお》をゆがめながら叫《さけ》ぶヴィルヘルム。このままだと、倒《たお》されるのは間違《まちが》いなくヴィルヘルムのほうだろう。

幸《さいわ》い、宗介《そうすけ》の体《からだ》は自由《じゆう》に動《うご》くようになっていた。

宗介《そうすけ》は床《ゆか》に落《お》ちているブックに飛《と》びつき、大急《おおいそ》ぎでページに答《こた》えを書《か》いた。答《こた》えに迷《まよ》いはなかった。「継母《ままはは》の嫉妬《しっと》」。これしかない。

「さあ、どうだ！」

これでだめだったら、その時《とき》はヴィルヘルムに白雪姫《しらゆきひめ》の花《はな》むこになってもらおう。

そんなことを思《おも》いながら、宗介《そうすけ》はブックを食《く》い入《い》るように見《み》つめた。

ブックが光《ひか》りだした。これまでとは違《ちが》う、やわらかな虹色《にじいろ》の光《ひかり》だ。

しくじったのかと、一瞬《いっしゅん》ぎくりとしたものの、宗介《そうすけ》はすぐに肩《かた》の力《ちから》を抜《ぬ》いた。

光《ひかり》は本当《ほんとう》に優《やさ》しく、春《はる》の日差《ひざ》しのようなあたたかさに満《み》ちたものだったのだ。

これが悪《わる》いものであるはずがない。これはきっと大丈夫《だいじょうぶ》だ。

胸《むね》をときめかせながら、宗介《そうすけ》は光《ひかり》がおさまるのを待《ま》った。

そして、光《ひかり》がおさまった時《とき》、大《おお》きく息《いき》をついた。

宗介《そうすけ》は世界《せかい》の図書館《としょかん》の、グリムワールドの大広間《おおひろま》の中《なか》に立《た》っていたのだ。

第《だい》5章《しょう》

グリム兄《きょう》弟《だい》

story 5

「も、戻《もど》ってきたんだ……助《たす》かったんだ……。」

安心《あんしん》したとたん、膝《ひざ》がふるえて、宗介《そうすけ》は尻餅《しりもち》をつきそうになった。だが、誰《だれ》かがうしろから支《ささ》えてくれた。

ふりかえれば、ヴィルヘルム・グリムが笑顔《えがお》で立《た》っていた。

「ふう。やれやれ。危《あぶ》ないところだったけど、なんとか間《ま》に合《あ》ったね。」

「……どこがだよ。ほとんどアウトだよ。めちゃくちゃやばかったんだから。」

「すまない。桃仙翁《とうせんおう》の居場所《いばしょ》がなかなかつかめなくてね。でも、やっと会《あ》えて、兄《にい》さんを助《たす》けるための薬《くすり》をもらえた。……宗介《そうすけ》くん、ブックをぼくに。」

まじめな顔《かお》になって手《て》を差《さ》しだしてくるヴィルヘルム。言《い》ってやりたいことは山《やま》ほどあった宗介《そうすけ》だが、ヴィルヘルムの顔《かお》を見《み》ると何《なに》も言《い》えなくなり、黙《だま》ってブックを渡《わた》した。

ヴィルヘルムは小《ちい》さなビンを取《と》りだした。香水瓶《こうすいびん》のようなそのビンには、きらきら光《ひか》る桜色《さくらいろ》の液体《えきたい》がゆれていた。

ヴィルヘルムはブックの表紙《ひょうし》に慎重《しんちょう》にビンを傾《かたむ》け、1滴《てき》だけ液体《えきたい》をしたたらせた。

ぽたん。

思《おも》いのほか大《おお》きな音《おと》がしたあと、さあっと、表紙《ひょうし》にそれまでなかった金色《きんいろ》の文字《もじ》が浮《う》かびあがってきた。

ヤーコプ・グリム

宗介《そうすけ》が読《よ》みとった次《つぎ》の瞬間《しゅんかん》、ぱっとブックが光《ひか》り、ひとりの男《おとこ》の人《ひと》がその場《ば》に現《あらわ》れた。ヴィルヘルムと同《おな》じような服装《ふくそう》をしていたが、背《せ》は低《ひく》く、そのかわりがっちりとした体格《たいかく》だ。顔《かお》もヴィルヘルムよりいかつかったが、青《あお》い目《め》はそっくりで、すぐに兄弟《きょうだい》だとわかる。

こきこきと肩《かた》を鳴《な》らしながら、男《おとこ》の人《ひと》は息《いき》をついた。

「ふう。助《たす》かった。一生封印《いっしょうふういん》されたままかと思《おも》ったよ。」

「こっちだってヒヤヒヤしたよ、兄《にい》さん。体《からだ》はどう？　おかしなところはないかい？」

心配《しんぱい》そうに聞《き》くヴィルヘルムに、兄《あに》ヤーコプはにこりとした。

「大丈夫《だいじょうぶ》だよ。こちらの小《ちい》さな英雄《えいゆう》のおかげさ。」

そう言《い》って、ヤーコプは宗介《そうすけ》のほうをふりかえり、ぎゅっと手《て》を握《にぎ》ってきた。

「本当《ほんとう》に助《たす》かったよ。ありがとう。すべて君《きみ》のおかげだ。あのままブックに封印《ふういん》されていたら、遅《おそ》かれ早《はや》かれ、腐食《ふしょく》を食《く》らって、ぼくもぐずぐずに溶《と》かされていただろうからね。」

「え、え、と……。」

「ははは。そう驚《おどろ》かなくていいよ。ぼくはブックの中《なか》からずっと君《きみ》の活躍《かつやく》を見《み》ていたんだ。正直《しょうじき》、君《きみ》がやりとげてくれるとは思《おも》っていなかった。何度《なんど》もヒヤヒヤさせられたし。……でも、君《きみ》はやってくれた。本当《ほんとう》にすごいよ。たいした機転《きてん》と想像力《そうぞうりょく》だ。もしかして、天才《てんさい》なんじゃないかい？」

こんなにほめられたのは生《う》まれて初《はじ》めてで、宗介《そうすけ》は耳《みみ》まで真《ま》っ赤《か》になってしまった。どう答《こた》えていいかもわからなくなり、「た、助《たす》かってよかったですね。」と、小《ち》さく言《い》うのがやっとだった。

と、ヴィルヘルムがヤーコプにたずねた。

「ところで、兄《にい》さん、いったい何《なに》があったっていうんだい？　用心深《ようじんぶか》い兄《にい》さんがまんまと封印《ふういん》されてしまうなんて、ここ100年《ねん》なかったことじゃないか。魔王《まおう》グライモンはどんな手《て》を使《つか》ってきたんだい？」

「ああ、そのことなんだけど……やつは今回《こんかい》、ひとりじゃなかったんだ。協力者《きょうりょくしゃ》がいたんだよ。」

「協力者《きょうりょくしゃ》？」

目《め》を丸《まる》くするヴィルヘルムに、ヤーコプは苦々《にがにが》しげにうなずいた。

「見《み》た目《め》は小《ちい》さなかわいい女《おんな》の子《こ》だ。その子《こ》は、物語《ものがたり》から抜《ぬ》けでてしまったから、元《もと》の世界《せかい》に戻《もど》りたいと泣《な》いていた。……赤《あか》いフードをかぶっていたから、赤《あか》ずきんだと、思《おも》ってしまったんだ。」

「でも、違《ちが》った？」

「ああ。ぼくがブックを取《と》りだして、その子《こ》を『赤《あか》ずきん』の中《なか》に戻《もど》してやろうとしたところ、その子《こ》はにやっと笑《わら》って、ぼくに金《きん》の粉《こな》をかけてきた。とたん、ぼくは力《ちから》を奪《うば》われ、ブックの中《なか》に封印《ふういん》されてしまったんだ。頭《あたま》がぼうっとなっていく中《なか》で、女《おんな》の子《こ》が魔王《まおう》グライモンを呼《よ》びよせる声《こえ》がかすかに聞《き》こえた。……本当《ほんとう》に油断《ゆだん》したよ。」

「兄《にい》さんは子《こ》どもに甘《あま》いからねえ。」

「そういうおまえだって甘《あま》いじゃないか。とにかく、あの女《おんな》の子《こ》の正体《しょうたい》もわからないことだし、これからはもっと用心《ようじん》したほうがよさそうだ。」

「わかっているよ。それにしても……謎《なぞ》の協力者《きょうりょくしゃ》か。グライモンめ。ますますやっかいな存在《そんざい》になってしまったね。……ねえ、兄《にい》さん。このこと、イソップさんや呉《ご》さんにも教《おし》えてあげたほうがいいんじゃないかな？」

「そうだな。あとでほかのストーリーマスターたちに声《こえ》をかけるとしよう。」

ひそひそと話《はなし》をするグリム兄弟《きょうだい》に、宗介《そうすけ》は思《おも》わず声《こえ》をかけた。ずっと気《き》になっていたことをたずねる時《とき》だと思《おも》ったのだ。

「ちょっと聞《き》きたいんだけど、魔王《まおう》グライモンってさ、なんの目的《もくてき》で物語《ものがたり》のキーパーツを盗《ぬす》んでいるの？」

「ひとつは、キーパーツがやつの好物《こうぶつ》ってことだろうね。」

「好物《こうぶつ》？」

「そう。本食《ほんく》い虫《むし》みたいなやつだって、言《い》っただろう？　みんなに長《なが》く喜《よろこ》ばれ、読《よ》み伝《つた》えられてきた物語《ものがたり》は、やつにとってはごちそうなんだ。……でも、理由《りゆう》はもうひとつある。」

ヴィルヘルムが言《い》えば、ヤーコプもうなずいた。

「物語《ものがたり》をつまらなくさせることで、やつは人間《にんげん》から想像力《そうぞうりょく》を奪《うば》っているんだ。想像《そうぞう》力《りょく》のとぼしい人間《にんげん》が増《ふ》えれば、それだけ悪事《あくじ》が増《ふ》えるから、魔王《まおう》にとっては都合《つごう》がいいんだろう。」

「想像力《そうぞうりょく》がないと、悪事《あくじ》が増《ふ》える？」

そんなバカなと、宗介《そうすけ》は笑《わら》いそうになった。

だが、ヤーコプもヴィルヘルムも大《おお》まじめな顔《かお》をしていた。

「笑《わら》いごとじゃないよ、宗介《そうすけ》くん。たとえば、やってみたいからといって、君《きみ》は見《み》ず知《し》らずの人間《にんげん》をなぐれるかい？」

「そ、そんなことしないよ！」

「そう。普通《ふつう》はしない。だって、それはひどいことだからね。でも、想像力《そうぞうりょく》がない人間《にんげん》は、それがわからない。なぐられた相手《あいて》の痛《いた》みを思《おも》い浮《う》かべられないし、なぐったら自分《じぶん》がつかまるかもしれないということすら考《かんが》えられない。そんな人間《にんげん》が

第5章　グリム兄弟

増《ふ》えたら、世《よ》の中《なか》はどうなると思《おも》う？」

ヴィルヘルムが言《い》わんとしていることに気《き》づき、宗介《そうすけ》はぞっとした。そんな人間《にんげん》だらけになったら、おそろしい事件《じけん》がたくさん起《お》きるようになるだろう。

身《み》ぶるいする宗介《そうすけ》に、今度《こんど》はヤーコプが言《い》った。

「それに、こんなものがあったらいいなという想像《そうぞう》から、人間《にんげん》は発展《はってん》していくんだ。偉大《いだい》な発明《はつめい》は、すべて想像力《そうぞうりょく》から生《う》まれていると言《い》っていい。……魔王《まおう》のたくらみは本当《ほんとう》に危険《きけん》だよ。下手《へた》をすると、人間《にんげん》の進化《しんか》すら止《と》めかねないことなんだ。」

「……わかった。よくわかったよ。」

こくこくと、宗介《そうすけ》はうなずいた。

正直《しょうじき》、物語《ものがたり》を食《た》べるなんて、たいしたことない魔王《まおう》だなと思《おも》っていた。だが、グリム兄弟《きょうだい》の話《はなし》を聞《き》いて、やっとそのおそろしさが理解《りかい》できた。

いったい、これまで魔王《まおう》グライモンはどれほどのキーパーツを盗《ぬす》みだしたのだろう？　いったい、どれほどの影響《えいきょう》を人間《にんげん》たちに与《あた》えてきたのだろう？

青《あお》ざめる宗介《そうすけ》の肩《かた》に、ヴィルヘルムがそっと手《て》を置《お》いた。

「心配《しんぱい》しないで。そうならないよう、ぼくらストーリーマスターがいるんだ。」

「そ、そうなの？」

「そうとも。今回《こんかい》はグライモンにしてやられてしまったけれど、ぼくらはけっしてくじけない。たとえ魔王《まおう》にキーパーツを盗《ぬす》まれたとしても、必《かなら》ず物語《ものがたり》は修復《しゅうふく》する。それがぼくらの役目《やくめ》なんだ。」

それにと、ヴィルヘルムはいたずらっぽく笑《わら》った。

「ぼくらの手《て》がふさがっている時《とき》には、才能《さいのう》のある子《こ》どもにぼくらのかわりになってもらえばいいからね。たとえば、君《きみ》みたいな子《こ》にね。ってことで、また何《なに》かあったら修復《しゅうふく》を頼《たの》んでもいいかい？」

「……死《し》んでもごめんです。」

「そんな！　めったに味《あじ》わえないような冒険《ぼうけん》ができて、楽《たの》しくなかったとでも言《い》うのかい？」

「無理《むり》やり巻《ま》きこまれて、楽《たの》しいも何《なに》もあったもんじゃないよ！」

言《い》いかえしたあと、宗介《そうすけ》はもうひとつ気《き》になっていたことをたずねた。

「あのさ……どうしておれだったの？」

「おや、気《き》になるかい？」

「そりゃそうだよ。なんで物語《ものがたり》の修復《しゅうふく》におれを選《えら》んだの？　おれ、特《とく》に本好《ほんず》きってわけじゃないのに。」

「……図書館《としょかん》で、間違《まちが》った場所《ばしょ》にある本《ほん》を、君《きみ》は本来《ほんらい》あるべき場所《ばしょ》に戻《もど》そうとしただろう？」

「え？」

なんのことだと聞《き》きかえそうとしたところで、宗介《そうすけ》は思《おも》いだした。そういえば、ここに連《つ》れてこられる前《まえ》、図書館《としょかん》の図鑑《ずかん》コーナーで場違《ばちが》いな『グリム童話集《どうわしゅう》』を見《み》つけたっけ。

「あの『グリム童話集《どうわしゅう》』のこと？」

「そう。そのまま元《もと》の場所《ばしょ》に置《お》くほうが楽《らく》なのに、君《きみ》はそうしなかった。そういうところが気《き》に入《い》ったんだよ。これは司書《ししょ》として見《み》どころがあると思《おも》ってね。」

そんなことだったのかと、宗介《そうすけ》はよろめきそうになった。どうせとんでもないことに巻《ま》きこまれるなら、もっとこう、特別《とくべつ》な理由《りゆう》のほうがよかった。

がっくりしつつ、宗介《そうすけ》はふと別《べつ》の疑問《ぎもん》を口《くち》に出《だ》した。

「そういえば、『白雪姫《しらゆきひめ》』はちゃんと修復《しゅうふく》できたの？」

「もちろんさ。ほら、自分《じぶん》でたしかめてごらん。」

ヴィルヘルムからブックを渡《わた》されたが、宗介《そうすけ》はすぐには読《よ》まなかった。この短《みじか》い間《あいだ》に、すっかり用心深《ようじんぶか》くなっていたのだ。

「……また物語《ものがたり》の中《なか》に吸《す》いこまれたりしないよね？」

「大丈夫《だいじょうぶ》。修復《しゅうふく》された物語《ものがたり》には、侵入《しんにゅう》するすき間《ま》なんてないからね。」

そこで、宗介《そうすけ》はもう一度《いちど》ブックをじっと見《み》た。

表紙《ひょうし》の黒《くろ》ずみはきれいに消《き》えており、美《うつく》しいキャラメル色《いろ》に戻《もど》っている。

自分《じぶん》の2回《かい》の失敗《しっぱい》もちゃらになったんだなと、ほっとしながら、宗介《そうすけ》はようやく本《ほん》を開《ひら》いた。

そこには「白雪姫《しらゆきひめ》」の物語《ものがたり》が書《か》いてあった。

あまりにも美《うつく》しかったせいで、継母《ままはは》の悪《わる》い女《じょ》王《おう》に嫉妬《しっと》され、あやうく殺《ころ》されそうになった白《しら》雪姫《ゆきひめ》。命《いのち》からがら逃《に》げこんだ森《もり》の奥《おく》で、7人《にん》のこびとたちと出会《であ》い、いっしょに暮《く》らすようになる。

だが、女王《じょおう》はしつこく白雪姫《しらゆきひめ》の命《いのち》をねらい、とうとう毒《どく》リンゴを食《た》べさせることに成功《せいこう》する。

毒《どく》で倒《たお》れた白雪姫《しらゆきひめ》。

が、最後《さいご》は無事《ぶじ》に目覚《めざ》め、王子《おうじ》さまと出会《であ》うことができるのだった。

白雪姫《しらゆきひめ》は王子《おうじ》さまと結婚《けっこん》し、いつまでも幸《しあわ》せに暮《く》らしました。


定番《ていばん》の言葉《ことば》で締《し》めくくられた物語《ものがたり》に、宗介《そうすけ》は笑顔《えがお》になった。

これこそ、宗介《そうすけ》が覚《おぼ》えている「白雪姫《しらゆきひめ》」だ。さし絵《え》に描《えが》かれている白雪姫《しらゆきひめ》も、あの身《み》の毛《け》のよだつような姿《すがた》ではなく、ちゃんと美《うつく》しい姫君《ひめぎみ》となっている。

そして、「石《いし》のスープ」の物語《ものがたり》は、どこにも見当《みあ》たらなかった。きっと、本来《ほんらい》の本《ほん》の中《なか》に戻《もど》ったのだろう。つまり、こちらも元《もと》どおりというわけだ。

「よかった！」

ブックを返《かえ》そうと、宗介《そうすけ》は顔《かお》をあげた。そして、あっと叫《さけ》びそうになった。

いつの間《ま》にか、グリム兄弟《きょうだい》はいなくなっていた。世界《せかい》の図書館《としょかん》も消《き》えており、宗介《すけ》は元《もと》いた近所《きんじょ》の図書館《としょかん》の、図鑑《ずかん》コーナーの前《まえ》に立《た》っていた。

自分《じぶん》の世界《せかい》に、ようやく戻《もど》ってこられたのだ。

壁《かべ》にかけられた時計《とけい》を見《み》て、宗介《そうすけ》はすこし驚《おどろ》いた。長《なが》い冒険《ぼうけん》をしてきたというのに、ほとんど時間《じかん》がたっていない。まるで夢《ゆめ》でも見《み》ていたかのようだ。手《て》に持《も》っていたブックも、『グリム童話集《どうわしゅう》』に変《か》わっていた。宗介《そうすけ》がグリム兄弟《きょうだい》に出会《であ》ったことや、物語《ものがたり》の世界《せかい》に放《ほう》りこまれたことを証明《しょうめい》するようなものは、どこにも見当《みあ》たらない。

やっぱり夢《ゆめ》だったのだろうか。

「……ううん。証拠《しょうこ》ならあるぞ。」

宗介《そうすけ》はつぶやき、『グリム童話集《どうわしゅう》』を見《み》つめた。

そうだ。これを読《よ》めば、すぐにわかるだろう。「ヘンゼルとグレーテル」に「ラプンツェル」、そして「白雪姫《しらゆきひめ》」……。

ちゃんと元《もと》どおりになっていれば、宗介《そうすけ》が物語《ものがたり》の修復《しゅうふく》をしたという何《なに》よりの証拠《しょうこ》だ。

それに、この本《ほん》にはほかにもたくさん物語《ものがたり》がつめこまれている。「赤《あか》ずきん」、

「シンデレラ」、「ブレーメンの音楽隊《おんがくたい》」、「オオカミと7匹《ひき》の子《こ》ヤギ」……。

それらに異常《いじょう》がないか、たしかめたい。ちょっとの間《あいだ》だったとはいえ、自分《じぶん》はグリムワールドのストーリーマスターだったのだから。

「……これ、借《か》りよう。」

宗介《そうすけ》は『グリム童話集《どうわしゅう》』をしっかりと持《も》って、貸《か》し出《だ》しカウンターのほうへと歩《ある》きだした。

epilogue

エピローグ

ゆっくりと最後《さいご》の一口《ひとくち》を飲《の》みこんだあと、魔王《まおう》グライモンは口元《くちもと》をナプキンでぬぐい、満足《まんぞく》のため息《いき》をついた。

「ふむ。なかなか豪華《ごうか》な晩餐《ばんさん》であった。ヘンゼルとグレーテルの兄妹愛《きょうだいあい》パン、魔女《まじょ》のラプンツェルサラダ悪意風味《あくいふうみ》、石《いし》のスープに嫉妬《しっと》の毒《どく》リンゴのパイ。じつにうまかった。ひさしぶりに腹《はら》が満《み》たされたわ。」

そう言《い》って、グライモンはテーブルのむこうに座《すわ》る人物《じんぶつ》に目《め》を向《む》けた。

「おぬしのおかげだ。礼《れい》を言《い》うぞ。」

「いえいえ、とんでもないですぅ。」

かわいらしく手《て》をふってみせるのは、10歳《さい》くらいの少女《しょうじょ》だ。色白《いろじろ》で、ふわふわとした巻《ま》き毛《げ》の持《も》ち主《ぬし》で、きれいな顔立《かおだ》ちをしている。レースだらけの黒《くろ》いドレスを着《き》ているところといい、まるでフランス人形《にんぎょう》のようだ。

だが、その目《め》はじつにいたずらっぽく、そして悪意《あくい》に満《み》ちていた。

「物語《ものがたり》をめちゃくちゃにするのって初《はじ》めてだったけど、やってみたらぞくぞくするほど楽《たの》しいから、驚《おどろ》いちゃいました。できれば、またお手伝《てつだ》いしたいなぁ。」

上目遣《うわめづか》いでねだってくる少女《しょうじょ》に、魔王《まおう》は笑《わら》ってうなずいた。

「ぜひ手《て》を貸《か》してくれ。予《よ》はすぐに腹《はら》が減《へ》るのでな。」

「喜《よろこ》んで。次《つぎ》はどの物語《ものがたり》をねらうんですか、グライモンさま？」

「そうだな。久々《ひさびさ》にアラビア料理《りょうり》を食《しょく》したいな。」

「ってことは、バー

トン卿《きょう》が守《まも》っている千夜《せんや》一夜《いちや》ワールドを？」

「ああ。バートン卿《きょう》はかしこく手強《てごわ》い冒《ぼう》険家《けんか》だ。ヤーコプ・グリムのように、たやすくわなにはかからないだろう……だが、まあ、今《いま》の予《よ》にはおぬしという強力《きょうりょく》な味方《みかた》がおる。悪名高《あくめいたか》き天邪鬼《あまのじゃく》が手《て》を貸《か》してくれるのだから、まさに鬼《おに》に金棒《かなぼう》というものよ。」

グライモンの言葉《ことば》に、少女《しょうじょ》は初《はじ》めて顔《かお》をしかめた。

「グライモンさま。天邪鬼《あまのじゃく》って呼《よ》び方《かた》はやめてほしいの。」

「気《き》に入《い》っておらぬのか？」

「ええ。かわいくない響《ひび》きなんですもの。」

「では、なんと呼《よ》べばよい？」

「あめのって呼《よ》んでくださいな。」

そう言《い》って、天邪鬼《あまのじゃく》あめのはにっこり笑《わら》ったのだ。

amano
jaku

天《あまの》邪《じゃ》鬼《く》のつぶやき

わたしは天邪鬼《あまのじゃく》。

天邪鬼《あまのじゃく》と聞《き》いても、今《いま》の子《こ》どもたちはぴんとこないかもしれないわね。古《いにしえ》の物語《ものがたり》では意地《いじ》の悪《わる》い女神《めがみ》とされ、また別《べつ》の物語《ものがたり》では妖怪《ようかい》や悪鬼《あっき》として扱《あつか》われている存在《そんざい》よ。

ただ、女神《めがみ》であろうと悪鬼《あっき》であろうと、「天邪鬼《あまのじゃく》はやることなすことひねくれている。」って言《い》われているわ。ひねくれ者《もの》のことを「天邪鬼《あまのじゃく》」と呼《よ》ぶくらいよ。

まあ、それは間違《まちが》っていないわね。わたし、自分《じぶん》は性格悪《せいかくわる》いって自覚《じかく》しているもの。と言《い》っても、それが悪《わる》いことだとは全然思《ぜんぜんおも》っていないんだけどね。

というわけで、物語《ものがたり》の悪役《あくやく》としては、けっこうベテランってわけなの。当然《とうぜん》、年《とし》も取《と》っているわ。ただし、本当《ほんとう》の年齢《ねんれい》は秘密《ひみつ》。言《い》ったら、つまらないでしょ？

いろいろと名前《なまえ》と姿《すがた》を変《か》えてきたけれど、今《いま》はこの女《おんな》の子《こ》の姿《すがた》が気《き》に入《い》っているわ。名前《なまえ》も「あめの」というのを使《つか》っているの。天邪鬼《あまのじゃく》よりおしゃれで、この姿《すがた》に合《あ》っているから。

おっと、話《はなし》がそれたわね。

とにかく、わたしはそれなりに名《な》が知《し》られているわけよ。わたしが登場《とうじょう》する物語《ものがたり》の中《なか》でいちばん有名《ゆうめい》なのが、「瓜子姫《うりこひめ》」だわね。

まあ、話自体《はなしじたい》はよくあるやつね。桃太郎《ももたろう》と同《おな》じように、大《おお》きな瓜《うり》から女《おんな》の子《こ》が出《で》てきて、子《こ》どものいないおじいさんとおばあさんに育《そだ》てられるの。その子《こ》の名前《なまえ》が瓜子姫《うりこひめ》。ふん。なんのひねりもないわよね。

で、その瓜子姫《うりこひめ》はそこそこ顔《かお》がよかったから、お金持《かねも》ちの殿《との》さまに惚《ほ》れこまれて、結婚《けっこん》することになった。それがわたしは気《き》に入《い》らなかったわけ。

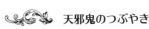

べつに殿《との》さまが好《す》きだったわけじゃないわよ。瓜《うり》から生《う》まれてきた変《へん》なのが、このわたしをさしおいて幸《しあわ》せになるなんて、なんかむかつくじゃない？

だから、瓜子姫《うりこひめ》になりすまして、わたしが殿《との》さまのところに行《い》くことにしたってわけ。瓜子姫《うりこひめ》にはちょっと荒《あら》っぽいことをしたけど、まあ、それはしかたなかった。

でも、結局《けっきょく》はばれちゃったのよね。おまけに、瓜子姫《うりこひめ》の育《そだ》ての親《おや》がめちゃくちゃ怒《おこ》って、ふたりがかりで、わたしをぶちのめしたの。いくらなんでも、ひどいと思《おも》わない？

まあ、ともかく、それが「瓜子姫《うりこひめ》」の物語《ものがたり》。どの本《ほん》にも、その後《ご》の天邪鬼《あまのじゃく》がどうなったのかは書《か》かれていない。というか、「天邪鬼《あまのじゃく》はひどい目《め》にあって、むくいを受《う》けました。めでたしめでたし。」って感《かん》じで終《お》わっている。こんなの、あんまりじゃない？

本当《ほんとう》は、「天邪鬼《あまのじゃく》はみごとにやり返《かえ》し、その後《ご》は殿《との》さまをあやつって、好《す》き勝手《かって》に楽《たの》しく暮《く》らしました。」って終《お》わり方《かた》でもいいはず。というか、そうあるべきだと思《おも》うのよ。

それができないのは、世界《せかい》の図書館《としょかん》が「瓜子姫《うりこひめ》」を管理《かんり》しているからよ。世界《せかい》の図書館《としょかん》に「瓜子姫《うりこひめ》」があるかぎり、わたしは窮屈《きゅうくつ》で屈辱的《くつじょくてき》な思《おも》いをし続《つづ》けることになる。

かしこいわたしはそこに気《き》づいたってわけ。どう？　頭《あたま》いいでしょう？

だから、世界《せかい》の図書館《としょかん》の天敵《てんてき》、魔王《まおう》グライモンに手《て》を貸《か》すことを決《き》めたのよ。これからどうなっていくか、ふふ、楽《たの》しみだわ。

悪者《わるもの》が正義《せいぎ》の味方《みかた》にやっつけられてばかりと思《おも》ったら、大間違《おおまちが》いなんだからね。

あめののグリム童話《どうわ》まとめ

つづいて、「グリム童話《どうわ》」のことをすこし教《おし》えてあげるわね。知《し》らない子《こ》もいるかもしれないし。ただし、天邪鬼流《あまのじゃくりゅう》にやらせてもらうから。

まずは「ヘンゼルとグレーテル」。これ、めちゃくちゃひどい話《はなし》なのよね。両親《りょうしん》に捨《す》てられたヘンゼルとグレーテルという兄妹《きょうだい》が、森《もり》をさまようちに、魔《ま》女《じょ》のお菓子《かし》の家《いえ》にたどりつく。魔女《まじょ》は人食《ひとく》いなんだけど、意外《いがい》とまぬけで、グレーテルを食《た》べるはずが、自分《じぶん》がかまどで丸焼《まるや》きになっちゃう。

自由《じゆう》になった兄妹《きょうだい》は、魔女《まじょ》の家《いえ》から金目《かねめ》のものを持《も》ちだして、家《いえ》に帰《かえ》る。

それでめでたしめでたしって言《い》うけど、自分《じぶん》たちを捨《す》てた親《おや》のところに帰《かえ》るなんて、なんか納得《なっとく》いかないわ。

「ラプンツェル」。魔女《まじょ》に育《そだ》てられ、高《たか》い塔《とう》に閉《と》じこめられたラプンツェル。塔《とう》には扉《とびら》がなくて、魔女《まじょ》はラプンツェルの長《なが》い髪《かみ》をロープがわりにして、出入《ではい》りするの。

でも、そうやってのぼっているところを、通《とお》りがかりの王子《おうじ》さまに見《み》られてしまうのよ。王子《おうじ》さまは興味《きょうみ》を持《も》って、塔《とう》をよじのぼり、ラプンツェルに出会《であ》うわけ。ふたりは恋《こい》に落《お》ちるけど、そのことを知《し》った魔女《まじょ》はすごく怒《おこ》って、ラプンツェルを塔《とう》から追《お》いだしてしまうの。

まあ、最終的《さいしゅうてき》にはラプンツェルは王子《おうじ》さまと再会《さいかい》して、幸《しあわ》せになるってわけだけど。……そのあと、魔女《まじょ》が出《で》てこないのが、わたしは不満《ふまん》よ。ラプンツェルを追《お》いだしたあと、魔女《まじょ》がどんな人生《じんせい》を送《おく》ったのか、知《し》りたいのに。

最後《さいご》は「白雪姫《しらゆきひめ》」。自分《じぶん》の顔《かお》に自信《じしん》があった女王《じょおう》が、白雪姫《しらゆきひめ》のほうが美《うつく》しいと言《い》われ、激怒《げきど》するお話《はなし》よ。

白雪姫《しらゆきひめ》は7人《にん》のこびとのところに逃《に》げるけど、女王《じょおう》は執念《しゅうねん》ぶかく追《お》ってきて、白《しら》雪姫《ゆきひめ》に毒《どく》リンゴを食《た》べさせるの。でも、白雪姫《しらゆきひめ》は運《うん》よく生《い》き返《かえ》って、王子《おうじ》さまと結《けっ》婚《こん》するってわけ。……白雪姫《しらゆきひめ》のために、あれこれやってあげてたのは7人《にん》のこびとなんだから、こびとのひとりと結婚《けっこん》すればよかったのに。7人《にん》もいるんだから、選《えら》びほうだいなわけだし。

ま、これが天邪鬼《あまのじゃく》の考《かんが》え方《かた》ね。あなたも、「グリム童話《どうわ》」を読《よ》んで、あなたなりの考《かんが》え方《かた》をすればいいいんじゃない？

物語《ものがたり》を読《よ》んでどう感《かん》じるかは、読《よ》み手《て》の自由《じゆう》だもの。

— 作 —

廣嶋 玲子

ひろしまれいこ／神奈川県生まれ。「水妖の森」で第4回ジュニア冒険小説大賞受賞、『狐霊の檻』（小峰書店）で第34回うつのみやこども賞受賞。代表作に「ふしぎ駄菓子屋　銭天堂」（偕成社）、「十年屋」（静山社）、「妖怪の子預かります」（東京創元社）などのシリーズがある。

「物心ついた時には、母に連れられ、近所の図書館に行っていました。限界冊数まで本を借りて、ほくほくして家に帰り、夢中で読んだものです。」

— 絵 —

江口 夏実

えぐちなつみ／東京都生まれ。「非日常的な何気ない話」で第57回ちばてつや賞一般部門佳作を受賞。2011年より「モーニング」で連載していた『鬼灯の冷徹』（講談社）が第52回星雲賞コミック部門受賞。現在『出禁のモグラ』（講談社）を「モーニング」にて連載中。

「図書館の思い出は、つとめていた会社をやめた後、漫画投稿期間中に毎週通っていたことです。この時読んだたくさんの本が、今とても役に立っています。」

お手紙のあてさきはこちら

〒112-8001
東京都文京区音羽 2-12-21
講談社 こども事業部
新事業チーム
ふしぎな図書館と
魔王グライモン 係

いただいたお手紙・おはがきは個人情報を含め、
著者にお渡しいたしますのでご了承ください。

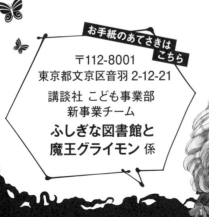

この作品の感想や著者へのメッセージ、本や図書館にまつわるエピソード、またグライモンに食べてほしい名作……などがあったら、右のQRコードから送ってくださいね！今後の作品の参考にさせていただきます。いただいた個人情報は著者に渡すことがありますので、ご了承ください。

図書館版 ふしぎな図書館《としょかん》と魔王《まおう》グライモン

ストーリーマスターズ①

2023年9月12日　第1刷発行

作　廣嶋玲子《ひろしまれいこ》

絵　江口夏実《えぐちなつみ》

装幀　小林朋子

発行者　森田浩章

発行所　株式会社　講談社

KODANSHA

〒112-8001 東京都文京区音羽 2-12-21

電話　編集 03-5395-3592　販売 03-5395-3625　業務 03-5395-3615

印刷所　大日本印刷株式会社

製本所　大口製本印刷株式会社

データ制作　講談社デジタル製作

N.D.C.913 143p 19cm ©Reiko Hiroshima/Natsumi Eguchi 2023 Printed in Japan

ISBN978-4-06-533272-6

この作品は、書き下ろしです。定価は表紙に表示してあります。